# 最后的乡绅家族

方李莉・著

文化艺术出版社
Culture and Art Publishing House

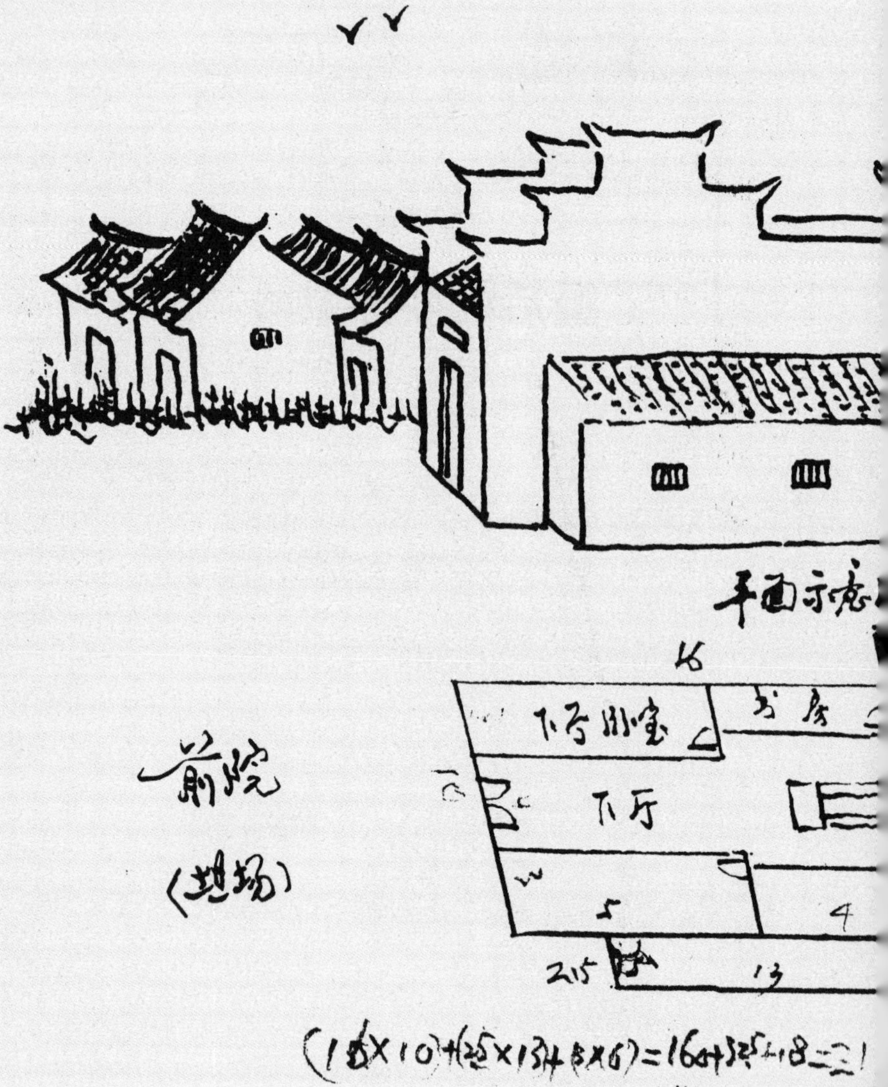

平面示意
16
下房卧室
书房
下厅
前院
(晒场)
5
4
13
10 × 16

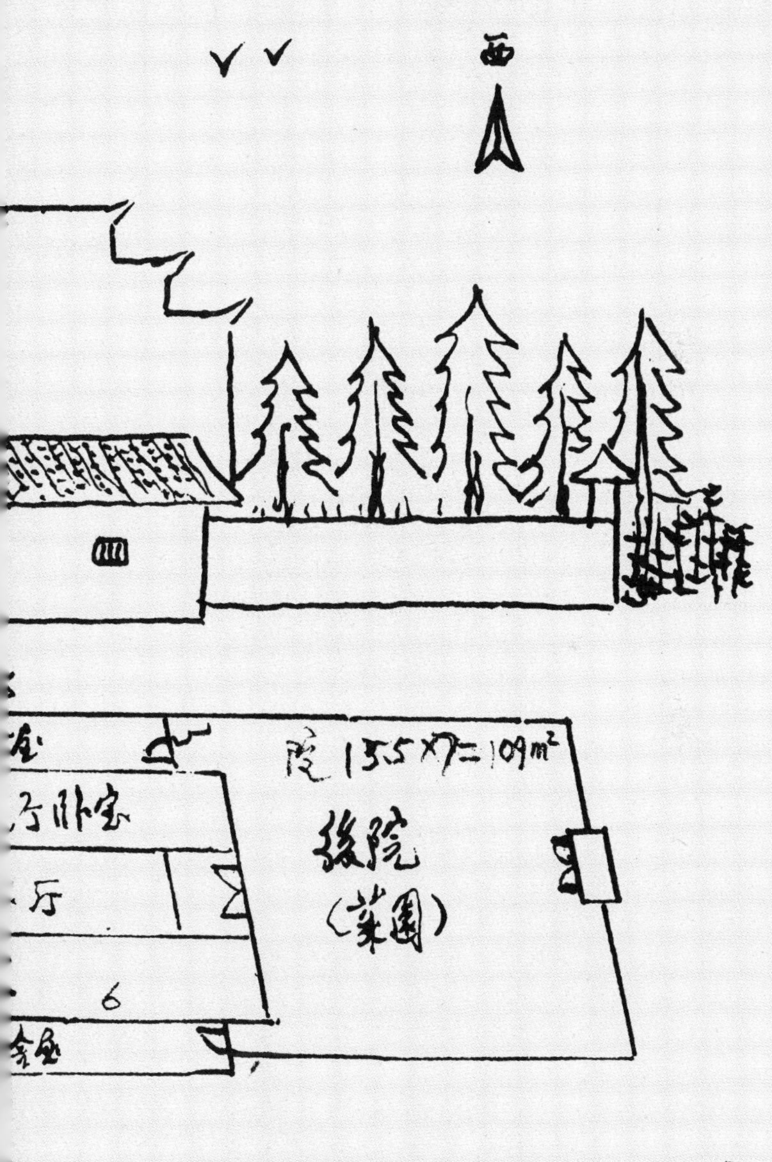


风十 3.5×13 + 3×6 = 160 + 32.5 + 18 = 211 115 ∧ 250m²

05 = 371m² 使用面积

# 家国之情

——《最后的乡绅家族》读后杂感（代序）

方李莉教授是我在中国艺术研究院的同事，她将书稿《最后的乡绅家族》发给我看，并希望我看后发表一点看法。

这本书应属自传体家族史一类，亲切而随和，读来饶有趣味，也不时为书中人物的命运起伏而感叹唏嘘。

由此书我联想到，所谓国家、民族的历史，最终还是要落实到一个个的家族里，而家族的历史，归根到底还是人的历史。所以，国家民族的历史也就是人的历史，人的行为的历史，人的情感的历史，人所创造的文化艺术的历史。而每个人、每个家族的命运，又与国家民族的命运紧密相连。由小见大，由个人而家庭，由家庭而家族，由家族而国家，这大概也是人类学、社会学研究的路径吧？

方教授这本书中涉及的人物跨度百年，她用自己的体验描写父辈，用父辈的回忆和讲述展示祖辈，用祖辈留下的楹联匾牌以及治家名言开启尘封的历史，一个家族的瓜瓞绵延，就这样枝枝蔓蔓地被勾勒出来。客观地说，方教授的家族并不是名门望族，家族成员中既没有达官显宦，科举时代也没有秀才之上的功名荣衔，这只是一个深明读书重要、恪守儒家道统的普通的乡绅家族。但这样的家族，是维持旧时代乡村社会稳定和正道的最重要的力量，从某种意义说，中国封建制度之所以能延续数千年而不衰，正是依靠着这样的家族发挥的压舱石般的作用。

方教授在这本书里，浓墨重彩地描写的还是自己的父母，这两位从旧时代走过来的知识分子，与他们同时代的知识分子一样，满腔热情地扑向新中国的怀抱，但政治的变幻很快就使他们的命运发生了变化，他们的热情被冷遇，他们的忠诚被漠视，他们最大的痛苦不是来自物质的贫困和疾病的折磨，而是来自不被信任和被边缘化甚至被划入敌人的阵营。而到了他们的晚年，他们的幸福感也绝不仅仅来自物质生活的富足，而更多地来自政治的平等和子女的学业有成，以及学优则仕的旧的道统在子女身上的实现。

方教授这本书，彰显了一个家族家风的形成与家风对这个家族的后代所产生的影响。这是近年来颇受关注的问题，也是迫切需要研究和倡导的问题。这不但涉及到家族的兴旺，更涉及到家族成员的人格完善，更进一步地说，没有千百万计的乡绅家族的纯朴周正、好学上进的家风引导，一个社会的稳定和发展是不可能实现的。因此，方教授这本小书也就具有了重要的意义。

莫　言

2019年5月10日

目录

目录

## 中篇·我的父亲

目录

## 下篇·我的母亲

# 引　子

每天看着父亲逐渐衰老，我突然觉得自己应该为父母写点什么，我是一个做人类学研究的学者，做过许多的口述史，描述过不同文化语境中许多人的生命史，但却往往疏忽了自己身边的亲人。

想想父母，他们也曾是国家的热血青年，他们也曾满怀着理想参加新中国的建设，把满腔的热情抛洒在国家的这片土地上。中华人民共和国成立、“三反五反”“反右”“大跃进”、“四清”运动、“文革”，直至改革开放，他们经历了我们国家的每一次转折、灾难与发展，他们的命运也是国家的命运，以及千百万个中国知识分子命运的缩影。他们是平凡的人，但是在不平凡的岁月的冲刷下，他们的人生凸显出的却是不平凡的中国人的精神世界和精神追求。

记得小时候，父母每天晚上都要记账，上面有他们每天的开销、每个月的收入和支出。他们非常仔细地使用着他们的每一分钱，因为略有疏忽就有可能用不到月底，全家人都要挨饿。还有家里的油票、粮票、豆腐票、布票、肉票等，许多的票证都被父母仔细地收着，因为万一丢失，全家也会挨饿。我们需要天不亮就去排队买肉，有时需要头一天就搬着凳子去占地方。那时的中国是一个物质贫乏的国家，我们是在那样的环境中长大，而我们的父母却在那样的环境中度过了他们的大半辈子。

在那样艰苦的年代，是什么精神支撑了父母的生命轨迹？这是我在写作中一直在追问和追寻的。我们家世代书香门第，可以说是“读书”二字延续和维系了我们家的传统，无论是多么困难的年代，父母教育我们、督促我们的都只有“读书”二字。在当代人看来，读书是为了学知识，学知识是为了掌握一门谋生的本领，让自己未来可以从事一个更加高尚的职业，故有“知识就是力量”之说。在西方的二分法中，知识和信仰、价值观是分离的；但对于中国人来说，知识是力量，信仰也是力量，而且是合二为一的。所以中国人常说，读书明理，读书不仅是为了谋生，还是为了明白人生的哲理，为此，对于中国人来讲，“读书”甚至成为一种人生的信仰。

父亲说，我们老家的堂名叫“存心堂”，“存心”一词出自《孟子·离娄下》，其解释是：“君子所以异于人者，以其存心也。君子以仁存心，以礼存心。仁者爱人，有礼者敬人。”这里讲的君子，就是受过教育的读书人。在古代，未必每个读书人都是君子，但要想成为君子，首先就要读书，没有读过书的人是很难成为君子的。所谓文质彬彬，所谓知书达理，都是因为读书受过教育，懂得道德规范，懂得仁义待人，懂得礼貌待人，进而懂得爱人、敬人。因此，中国自古以来就有“万般皆下品，唯有读书高”的理念，因为，只有读过书、受过教育，才会成为一个有知识、有道德和有修养的人。因此，读书不仅与知识有关，也和道德修养有关。

正因为有如此的信念，读书成为父母生命中的重要部分，无论是他们自己还是对我们的教育；无论是反右、“文革”，还是叫嚣着“知识越多越反动”的时代，他们都只有一个坚定的信念，那就是永不中断地教育孩子读书与学习。正是家有书香代代传，才让父母没有沉沦、没有气馁，一直平安地走到生命的终点。

是什么让父母如此执着于读书？是否与家庭的传统或者中国读书人的传统有关系？这也是我一直在思考的问题。我父亲出生在江西省都昌县三汊港石门楼方家村，曾祖父是当地有名的乡绅，曾经是清末的秀才。乡绅阶层是中国封建社会一种特有的阶层，这一阶层的作用、价值在于能在皇权和民众之间起到一个自下而上、自上而下的通道作用。他们一方面在维护皇权的道统和正统方面起到重要的作用，以维持社会的正常秩序；另一方面，他们又可将民众的意愿和疾苦上述给最高的统治阶层，以便社会的公平能得到一定的改良。

在中国传统社会，一个人要获得功名必须参加科举考试，考试及第后即使不能为官，也能在村民中获得较高的威望。在家族中及生活群体里的威望，并不仅在于权力的大小、金钱的多少，还在于学问和品行。我之所以将这部家书的名字定为《最后的乡绅家族》，是因为我们的家族世代书香门第，也的确是当地有名望的乡绅家族。包括我曾祖母的家族和我祖母的家族，也都出过秀才，都是当地的乡绅阶层。和父亲的谈话使我对传统中国的这一特殊阶层产生了兴趣。同时，我也一直在思考乡绅家族的传统特征，我认为，其特征一：重视读书、提高自我修养；特征二：重视教育培养下一代；特征三：注重品行端正，维持自己在群体中的道德威望。这样的传统一直延续到我的祖父和父亲，而到我们这一代，随着社会结构和文化的改变，许多传统也就淡化了。但正是父亲还秉承了当年中国知识分子“万般皆下品，唯有读书高”的传统，才使我和弟弟这一代人从小养成了很好的读书习惯，最后都受到了较高的教育。

这本书在记录父母生活的同时，也回忆了我自己的青少年时代。但这本书的主角不是我，而是我的父母。弟弟说，如果这本书是演故事片，他们分别就是男一号和女一号，我们都是群众演员，是为了配合他们而出现的。父母在生活中从来都没有当过主角，他们都是生活中的普通人；但是在家中，他们是主角、是中心，是孩子们的天和地；他们也只有在子女的笔下，才成了主角。

由于出生的时代所限，父母一生都没有过上富足的生活。当我们的事业有了眉目，家里的生活条件也越来越好，可以为父母尽孝时，母亲却永远地离开了我们。她是那样地热爱生活，那样盼望着过好日子，却一天也没过上。爸爸总是说，要是你母亲还在，该有多好。爸爸现在和我们生活在一起，过上了他一生都没有过过的无忧无虑的好生活，但却非常孤独，经常是他和保姆在家。因为我们都忙，经常出差，即使在家也是忙着写作、看书或开会。现在我才忽然意识到，他们不仅在社会上不再是主角，在家里也不再是主角。因此，近年来，只要在家，我就有意识地和他聊天，聊过去的往事。这本集子一方面是我亲眼见到的父母的历史，另一方面是我不知道的、父亲告诉我的家族的历史。

上篇

/

# 乡绅家族

# 存心堂

父亲于1930年出生在江西省都昌县三汊港石门楼方家村，这座村庄居住着一百来户人家，我们家晚清时曾经是村中最富有、读书人最多的家族，可以说是世代书香门第。已知的读书人从我的天祖父的祖父开始，到我们这一代已经是第八代。

中国历史上的名门望族大多有本家族的堂号，高大宽敞的厅堂上，悬挂着书写堂号的匾额，每逢年节喜庆之日，还要在门前挂起书写着堂号的大红灯笼。当地的老百姓谈论某一家族时，喜欢以“某某堂”来称呼。堂号的来源有多种，有以先祖本籍为堂号的、以先祖名言为堂号的、以先祖传说为堂号的、以先祖孝行为堂号的，等等。作为当地的名门望族，我们家的祖屋也有自己的堂名。我们的祖屋在进村的第四栋，是一座两层楼的江南古建筑，其堂名一曰“存心堂”，一曰“静观山房”。在写着“静观山房”的横梁两边写着“静思己过”与“观察人情”的对联，实际上是对“静观”二字的

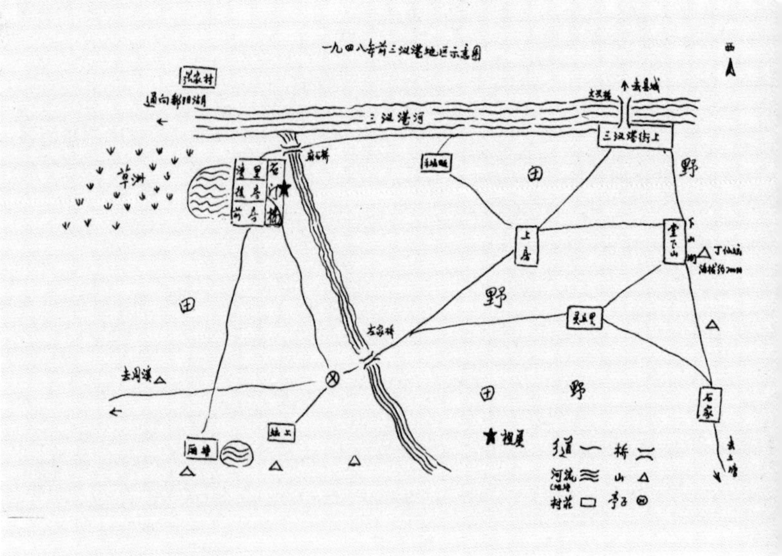


父亲手绘的三汊港示意图

解释。这一堂号主要缘于祖先的名言。

据说，“静观山房”的第一世主人叫愈佑公，约生于公元1777年，也就是我天祖父的祖父。据说他当年生活的地方前面是碧波荡漾的鄱阳湖，后面是高高的丁仙垴，而村庄处于依山傍水的田野中，有如身临仙境。有一天，宋朝著名学者程颢的“万物静观皆自得，四时俱兴与人同”的诗句突然浮现在他的脑际，于是，他将新落成的房子命名为“静观山房”。以下是“静观山房”历代主人的系谱：

太祖　愈佑公　约1777年（乾隆丁酉）静观山房一世

学历、经历不详

列祖　兴扬公　1802年（嘉庆壬戌）二世

学历、经历不详

天祖　中荣公　1828年（道光戊子）三世

学历、经历不详

高祖　和梗公　1853年（咸丰癸丑）四世（存心堂一世）

学历邑庠生（即秀才）

曾祖　恒岭公　1877年（光绪丁丑）五世（存心堂二世）

学历优附生（即秀才）

祖父　六世孙（守字辈）

父亲　七世孙（乐字辈）

作者　八世孙（利字辈）

九世孙（昌字辈）

十世孙（平字辈）

通过静观山房的年谱我们可以看到，愈佑公那一代是“静观山房”的第一代祖先，当年的愈佑公一定是一位有经济基础与社会地位的读书人。另外，自愈佑公起，愈、兴、中、和、恒五代祖先，每一代至少有一位是有一定经济基础与社会地位的读书人，而到我父亲这一代是家族的第七代世孙，到我这一辈应该是“静观山房”的八世孙。

父亲说，这座老屋在我天祖父以前就有了。他回忆，老屋是两进两层、起有山头的砖木结构封火墙屋。走进大门第一进是下厅，下厅两边下层是单间卧室，上层是储藏室；下厅进入上厅，中间用牖门隔着，牖门两旁有耳门供日常进出；牖门之后是第二进的天井平台，天井两边下层是厢房，上层是储藏室。穿过天井是上厅，上厅在卧室与厢房之间，上厅两边的下层是单间卧室，上层是储藏室。上厅两边有横向走廊通往两旁平房的舍屋（偏房），舍屋内有厨房、厕所、猪圈、牛栏。建筑占地面积主屋160—180平方米、两边舍屋约40平方米，屋前有约80平方米的坦场（即没有围墙的前院），屋后有约100平方米的菜园（即后院）。

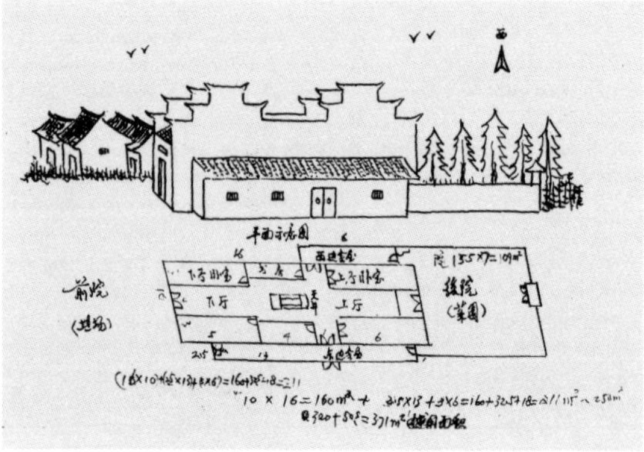


父亲手绘的存心堂

所谓老屋，外表已是老态龙钟，父亲17岁离开家乡时，老屋的墙角已风化，呈圆弧形，有的墙面已长满青苔，墙的上头长了青草，屋内上下厅的上方悬挂着硕大悬空、黑漆底浮雕金色字体、1.2—2.4米长的寿匾。上厅有“颂进南山”“百里老传”“眉齐指使”“遗化配休”，下厅有“彤管扬辉”“杖国延鳌”，共六块。这些寿匾书写于不同的时期，其中“杖国延鳌”是1947年曾祖父母七十寿诞时，由曾任江西省省长的曹浩森题字落款赠送的。其余五块也都是列祖列宗们寿诞时，当时的知府、知县以上的社会名流的题字落款。

前面几代高祖，因为年代久远，没有人记得住他们的故事，能记住的是从天祖父中荣公开始。据老辈人讲，天祖父中荣公兄弟三人，大哥中英公、二哥中萱公，大哥、二哥都是务农的好手，农闲做米粉卖，以增加收入。大天祖母本地人，姓甚名谁也记不清了；二天祖母段氏本地人；三天祖母彭氏四川人。起初家境贫寒，妯娌们都能抱成一团，勤俭持家，让着吃、抢着干。白天除做好后勤外，还养猪养鸡，洗洗浆浆；晚上纺纱纺线、缝缝补补，一家人过得和和美美。日子渐渐好起来，一家人决计送老三中荣公去读书，以期复兴门庭，天祖父中荣公不负兄嫂的期望与培养，终成满腹经纶、交游甚广的书叟。据说太平天国名将萧朝贵是其好友，且为我家祖屋题写过“静观山房”堂名。天祖父三兄弟仅中荣公生有和梗公，三兄弟自然视为掌上明珠，加以培养长大。

到和梗公一代以后，家里的堂号又加了一个“存心堂”，之所以加这样一个堂名，是有故事的。据说，和梗公精于医术，为了悬壶济世，在三汊港开了药铺，由一家店铺发展到三家店铺，分别称为：裕泰、同泰、兴泰，这三家店铺不仅经营药品，还兼卖百货，方家也成为村里最有钱、有地位的家族。

但高祖父和梗公一生勤于读书、钻研医术，并不善于经商，就请了一位同宗的乡亲来当他的管账先生。和梗公是一位秀才，相信仁义道德，认为人人都是好人，没有小人，所以将所有的生意都交给管账先生，自己什么都不过问，一心只看书行医。结果人心隔肚皮，管账先生造假，以入股为幌子，逐年侵蚀，将店铺逐渐占为己有。当高祖父发现时，为时已晚，高祖父面对假账，对管账先生说：“钱只是一张纸，人生在世三十年河东、三十年河西，谁知它是属于谁的，只有锄头下得来的钱才能万万年。”

到了曾祖父恒岭公方熙如当家时，想重新清理账目上法院，但日久年深，时过境迁，终因证据不足，法院无法立案，只得不了了之。高祖父相信善有善报、恶有恶报，为了子孙后代兴旺发达、重振家业、济世利民，他认为原先静观山房的“静思己过”“观察人情”的家训还不够，还要广种福田，有仁爱之心、利益大众之心，方得善报。从此又取了一个新的堂名——“存心堂”，取自《孟子·离娄下》。孟子曰：“君子所以异于人者，以其存心也。君子以仁存心，以礼存心。仁者爱人，有礼者敬人。爱人者人恒爱之，敬人者人恒敬之。”“非仁无为也，非礼无行也。”其目的是要告诫子孙后代，不仅要“静思己过”，还要“以仁存心”“以礼存心”“仁者爱人”“非仁无为”“非礼无行”。这就是“存心堂”的由来，也是我们家的祖训。因此，父亲总是教育我们要忠厚待人、仁义做人。

# 家族的信条

传统的中国教育不仅是来自学校，更多的是来自家族，来自世代相传的祖训。前文已经介绍了我家祖屋堂名的来历，其一方面是堂名，另一方面也包含了这个家族的信条和祖训，但仅仅有堂名还是不够的，还要有专门的祖训条目。方氏宗族的祖训条目为：孝父母、和兄弟、教子孙、勤生理、睦宗族、务儒祭、慎交游、择嫁娶。

传统的祖屋不仅是一个遮风避雨的物理空间，还是一个充满着象征符号的精神空间和历史空间，是房子主人的人格性和价值取向的投射物。前面已经描述了六块寿匾，除此之外，为了教育子孙后代，在祖屋的屋柱上还贴有曾祖父用毛笔书写的家训十着：

第一着：忍些好 多忍耐 少烦恼 艰苦自家知 便宜随人讨 放松肚皮紧闭口 不怕撞着无理鸟

第二着：宽些好 肚量大 能容小 肚皮空狭窄 较量多和少 一条大路尽人行 荆棘丛中防跌倒

第三着：静些好 是非场 多吵闹 无事早关门 有饭休尽饱 闲闲散散乐陶陶 何苦奔驰满街跑

第四着：淡些好 滋味淡 无价宝 淡酒不醉人 菜淡病亦少 淡薄长情守本分 无须计较低与高

第五着：诚些好 心意诚 能耐高 困难遇诚解 条件随诚到 诚恳敬业作奉献 明天更比今日好

第六着：善些好 善待众 人缘好 与人行方便 帮助少与老 与人为善扬爱心 爱满人间得善报

第七着：勤些好 勤增益 懒自耗 时光不等人 转眼白头老 勤奋积聚换门庭 偷懒致困是自讨

第八着：俭些好 自奉俭 贪心少 节俭贫能富 浪费富难保 开源节流方长久 切莫虚荣充好佬

第九着：安些好 心宜安 志宜高 困难是磨炼 失败是过考 磨炼考验长才干 善始善终德艺高

第十着：乐些好 心平和 没苦恼 凡事要看破 输赢少计较 乐观心态应困境 智力与手是法宝

父亲说，他离开家时年少，没有认真地把家训十着背熟，以致记忆模糊。他的堂兄弟们仅记得前面的四着，后面的也极其模糊，只得根据模糊印象，结合父亲自己的生活体验凑合续成后面的六着。父亲说，老屋柱头上的“家训十着”不仅内容好，那字写得更好，龙飞凤舞，非常流畅。那时家里经常来客，客人常常驻足惊叹、啧啧称赞，好字越看越想看、越看越想学，有的还用手指比画着学。从这家训十着来看，我们方家祖祖辈辈都提倡忠厚待人、勤俭节约，不计较利益得失，而且为人平实，处事乐观。其中最重要的是把读书受教育放在首位，“万般皆下品，唯有读书高”是家族的传统。

据父亲说，我们家世代书香门第，不仅要求后代人要读书，就是联姻也讲究门当户对，几个姑婆嫁的都是读书人家，我们家娶的媳妇也都是读书人家的女儿。我的一位表叔在家史中写道，我的曾祖母娘家也是非常显赫的读书人家，据说曾祖母的母亲善文，其父进学的一些文章系出自其母手笔，当时被誉为巾帼奇才。而我的曾祖母也很有文采，我祖父三兄弟的名字分别叫守度、守量、守衡，加起来为“守住度量衡”，即凡事要权衡适度。据说，这些名字就与她的才学有关。

都昌县三汊港石门楼方家村紧靠着鄱阳湖，几乎每年都会涨一次大水，1954年由于洪水太大，整个村庄被淹没、冲垮，我们的祖屋也毁于一旦。在这里描述祖屋，也是在回忆我们家的这段历史。

# 乡绅阶层

乡绅阶层是中国封建社会一种特有的阶层，主要由科举及第未仕或落第士子、当地较有文化的中小地主、退休回乡或长期赋闲居乡养病的中小官吏、宗族元老等一批在乡村社会有影响的人物构成。他们近似于官而异于官，近似于民又在民之上，我父亲的家族就是属于这一阶层。我家往上数几代都是当地的秀才，也是村里的地主，到高祖父以后由于被账房先生侵犯，家道几近中落，但一直到祖父一代，都仍然是村中的头面人物，还主要都是读书人，都是秀才。在高祖父时代，家里不仅有田地，在镇上还有三个店铺，在九江还有一座瓷土矿。到曾祖父时，店铺矿山已被侵占，只好变卖田地送祖父们读书，到新中国成立前夕祖父辈已成小土地出租者。

欧洲的许多国家都属于政教合一的社会，除皇权外还有教权，也就是宗教的权力，采用皇帝的权力和宗教的权力并行的统治方式。但传统的中国不是一个宗教国家，中国的传统社会是一个政道合一的社会，是以政统与道统并行的统治方式管理国家。费孝通先生在他的《皇权与绅权》一书中写道："道统这个观念有它所根据的社会事实，这社会事实就是发生了一个没有政治权力的士大夫阶层。"乡村的乡绅就是属于这个没有政治权力的士大夫阶层。他接着说："道统并不是实际政治的主流，而是由士大夫阶层所维护的政治规范的体系。"也就是说，中国的士大夫维护的一套传统文化的知识体系，与皇权的政治体系一起，稳定着中国社会几千年的正常运转。费孝通先生将中国传统的政统与道统，表述为皇权与绅权。他认为，如果说，中国皇权的制定者是秦始皇，绅权的制定者则是孔子。"孔子并不是从贵族血统中获得他的地位的，…… 但是他的地位却并不低于有位的王，因为他是'素王'，'素王'是授命于天。从这位素王推出另一系列的人物，这一系列是道统，和实际得政权的政统不同，两者分离了。"

从这里我们看到的是，政统维护的是统治阶级的政权，而道统维护的是传统的儒家文化体系和道德体系，即使是皇权也要遵循这一体系，如果皇帝违反了这一文化体系和道德体系，那他也得下台。因为在儒家道统里有一个重要的"理"字，这个"理"就是应当这样做的一套规范，依着这个"理"做就能王天下，这个"理"是规范。故古人说"有理走遍天下”，这个“理”就是大家公认的一套社会标准。

而由谁来维护这个“理”，谁来宣讲这个“理”？在传统的乡土社会里就是士大夫，也就是乡绅，他们组成了一个社会不可缺少的社会阶层，与政治权力一起统治着这个社会。他们并不是用手中的权力统治当时的社会，而是用他们所掌握的知识。这种知识体系不是权力，但有时甚至会大于权力，因为其所规范的价值体系，有时会把权力装进去，迫使权力符合这种价值体系。而要做到这一点，首先就得掌握教化权，通过教化让老百姓愿意相信和遵循这套价值体系所构成的道德体系，愿意承认其是“理”。谁违反了“理”，大家就可以起来造反，即使是皇帝也要把他拉下马。中国的古代道德等同于法律，但这种千百年熏陶出来的以儒家文化为基础的道德规范，就是当时大家都承认、都不能违反的法律，甚至比法律更深入人心。

通过书写我的家史让我对上述的乡绅阶层有了更直观的认识，因为我的家族正是属于这一阶层。我了解自己的家族，一方面是为了写家史；另一方面，作为学者对这一阶层也充满着兴趣，因为其是帮助我们了解传统中国社会的一个重要切入点。本书记录的有关我家族的故事，都是依据我父亲的讲述，父亲能说得清楚的，最早就是我的高祖父了，但有关我的高祖父的事情他也是听老一辈人说的；而他亲身经历过，且说得最清楚的就是从我的曾祖父开始。

曾祖父的时期，我们的家族还是在乡村，在都昌县三汊港石门楼方家村，我家八代书香门第，前五代都是秀才，到我祖父这一代才开始进新学堂。

据我父亲回忆，我的高祖父和曾祖父，除了依靠田地、店铺和矿山生活外，他们主要的工作就是读书、教私塾、为村里人评理。通过他们的工作可以看出，当时的乡绅阶层最重要的工作之一就是教化民众。董仲舒说："凡以教化不立，而万民不正也……是故南面而治天下，莫不以教化为大务。"中国自古以来就将教化民众作为一项重要的工作去做，而完成这一工作的就是居住在乡村的乡绅们。

所以，我的家族在村里世代开办私塾，传播儒家文化。儒家文化里最中心的要义就是一个"礼"字，对于传统的读书人，不仅要通过读书来懂得"理"，还要通过读书来懂"礼"，"理"和"礼"代表的都是社会规范、道德准则，前者更加抽象化，后者更加具体化、仪式化。作为传统的中国人，从生下来就要开始学习"礼"。费孝通先生曾说："孔子说的'学而时习之'的'习'字，是养成礼的过程。""礼也很近于哈佛大学 Mayo 教授所谓 social skill，直译是'社会技术'。"

我觉得"社会技术"这个词很有意思，一个人活着，必须掌握某种谋生的本领或技术，而社会技术也必须包括在其中，如果一个人不懂得社会技术，就会缺乏在社会上生存的技能，这种技能就是如何与人打交道，如何让自己的行为规范符合社会的要求，从而让自己成为社会和家庭的一分子。费孝通先生还认为：传统的中国社会中，在家庭和亲属关系里最易陶养"社会技术"，以礼来规范生活的社会也最易实现；儒家想创造一个礼尚往来的理想社会结构，中国原有社会结构的标准是完整的、是大同的。

费先生还说，中国的政治史是软禁权力，使不出乱子，以政治的无为主义来代替宪法。在行政机构的范围上加以极严重的限制，那是把集权的中央悬空起来，不使它进入人民日常有关的地方公益范围之中。中央所派遣的官员到知县为止，不再下去了。自上向下的单轨只筑到县衙门就停了，并不到每家人家大门前或大门之内。人们常称知县是父母官，按理说，他是亲民之官，是直接和人民发生关系的皇权的代表。但事实上，知县老爷是青天，是高得望不见的官，衙门是禁地，普通老百姓并不可以自由出入。所以，费孝通先生在他的书中写道：对于普通老百姓来讲，有了纠纷，有了问题，并不会去衙门打官司，而是去找村中年长的乡绅评理，差不多每次都由一位很会说话的年长的乡绅开口。通常的公式总是把那被调解的双方都骂一顿："这简直是丢我们村子里脸的事！你们还不认了错回家去。"接着教训了一番。有时竟拍起桌子来发一阵脾气，依着认为“应当”的告诉犯错的人，这一方法却极有效，双方时常就“和解”了，有时还得罚犯错的一方请一次客。

我父亲告诉我，在高祖父和曾祖父的工作中，除教书外，还有一项工作就是调停邻里之间的矛盾、民众与政府之间的矛盾，所以他们面对的一面是衙门，一面是民间。这就是中国传统社会中的双轨制领导，这些乡绅在政府里没有职位和权力，但他们是民间的领袖，是民众的代言人。

看了费先生的书，再对照我父亲描述的我的曾祖父的故事，我对中国的乡村社会结构、对中国的传统文化历史有了更深的理解。由于民众的事务并不需要官员去具体地操心，所以传统的中国社会实际上实行的是一种无为政治，所谓的民不告、官不究。通常民众的许多事务就在本乡本土由乡绅们调解了，并不需要去麻烦官府。所以，费先生说，在无为主义政治中当地方官近于闲差，我们可以在历史上看到很多在这职务下游山玩水、发展文艺才能的例子。他这一说，我才真正理解了当年的郑板桥、苏东坡等为什么是政府官员的同时，还能成为大文豪、大书法家、大画家。我总在想，为什么古代的官员有闲心和时间搞文艺，而今天的官员那么忙呢？一看这样的文化脉络我就明白了。

在古代的中国有两道体系，一道是从皇帝到地方官员的自上而下体系，还有一道是从民众到皇帝的自下而上体系。在这两道体系中，乡绅也起着非常重要的作用。如一道政令下达时，在差人和乡约的特殊机构中，转入了乡绅的手上，他们会帮助政府解释政令；当政令与百姓的利益有冲突时，虽然乡绅在政府里没有任职，但他们会通过一切社会关系——亲戚、同乡、同年、学生等，把压力渗透到上层，甚至可以传递到皇帝本人。因为这些人中，有的过去就是官员，退休后回家颐养天年；还有的常年培养学生，学生们获取官职后，也会尊重老师的意见；另外，物以类聚，在这一阶层中存在各种上层的关系网络。

这就让我想起我们家祖屋中的六块重要的寿匾，都是知府以上的官员送给方家历代祖辈的，最高的官职是“省主席”。这一方面体现了乡绅的社会网络，另一方面也可以看到当时政府对乡绅的尊重。其实对乡绅的尊重就是对知识分子的尊重，传统社会的乡绅阶层就是今天的知识分子阶层，他们和普通百姓最大的区别就在于他们识字、他们有文化、他们有知识，老百姓信服他们。

以前我只是在书上读到费先生写的这些文字，但通过梳理我的家族史，让费先生的这些理论活生生地出现在我的眼前。

有关乡绅阶层的抽象认识对于我来说很重要，因为有了这样的抽象认识和总体概念后，才可以很好地理解我的曾祖父的生活和行为，包括我的祖父、父亲，甚至包括我自己的一些行为及理想信念等。任何一种社会、文化甚至家族，都会有自己的基因，这种基因深埋在我们的体内，连我们自己都不知道，但它却会成为我们的潜意识，指挥着我们的行动。

尽管我的家族从我的祖父开始就受到了新学的教育，也就是被学校所教育的人，但我祖父、父亲包括我的理想和我们的生活目标还是受到了中国传统知识分子的影响，即修身、齐家、治国、平天下，这样的理想让中国的知识分子总是严于律己，总想学以致用，用自己的知识去报效国家。所以费孝通先生把自己定义为士大夫型的知识分子，而仔细一想，我自己又何尝不是？尽管与生活在乡村的曾祖父相比，我从未在乡村生活过，但那种乡绅的基因，几乎一直在我的身上流淌。

# 曾祖父方恒岭



据父亲说，高祖父和梗公生育两个儿子，老大叫恒岭、老二叫恒岗，三个女儿都是家庭妇女，大女嫁给本县江如里（译音），二女嫁给本县张边垅（译音），三女嫁给本县曹泗里（译音）。两个儿子在高祖父母的培育下，恒岭成了清朝的秀才；叔曾祖父恒岗虽无功名，但也是好学之士，参加了当时的义和团，在本县三汊港大兴桥的一次战斗中不幸阵亡，时年仅20岁，我家三代就成了单传。

曾祖父方恒岭（字熙如），出生于1877年，已经是上两个世纪的人了。他自幼生活在都昌县三汊港石门楼方家村，一生很少离开家乡，甚至连县城也很少去，因为在那个时代没有汽车这样的交通工具，除骑马、坐船，就是走路。听父亲说，方家村距县城有40多华里，不通船，要去县里只有走陆路，步行往返要8小时，速度很慢。可见，在过去的乡土社会，人是不太移动而固定生活在一定的地方和圈子里的。祖父去的比较多的地方可能就是附近的三汊港镇，镇里有我家开的三个店铺，除了这三个店铺外，家里还在都昌县城开过织袜店，在九江的星子县还开有瓷土矿，都是请人经营。父亲开玩笑说，当时我们的家族工商农业兼有。这也是中国乡村的特征，当时的乡村并不只有种田，而是多种经营。

费孝通先生曾说，传统中国的知识分子做的学问大都是庙堂里的学问，主要关心的是社会规范方面的知识，而对于具体的生产劳动包括工商方面的经营管理都不太关注。所以，曾祖父虽然有田地、店铺和小手工业工场，但他作为知识分子，却不屑于亲自去管理和从事这些工作，而是请人管理所有的事务。自己主要是在家读四书五经之类的孔孟著作，在社会实践方面主要是读《黄帝内经》《本草纲目》《周易》等方面的书，前者是孔孟之道，后者是医学与打卦，这就是他的特长。

他的日常工作主要是看书和教书，他在村里办有私塾。另外，他还精通书法，喜欢写诗，舞文弄墨，曾著有《韵史》一书，书的首页有都昌县县长彭学游（1939—1941年在都昌县当县长）作的序，曰："恒岭公名育万，号熙如，附优生著《韵史》由博而约，言简意赅，兴亡治乱，如数家珍，褒贬不爽，正名润翼，史学鉴戒。"用现在的话说："您的大作《韵史》内容广博，文章精练，意义深刻，内容完备，把历史上反映兴亡治乱的诗赋歌词说得清清楚楚、明明白白，当褒则褒、当贬则贬，毫无差错，有助史家正名鉴别修改。”

据父亲回忆，曾祖父是清朝时期的秀才，他还亲眼见过他的秀才顶戴，与电视剧中见到的清朝官员的帽子差不多。从父亲记事时起，就见他整天坐在椅子上，冬天坐暖桶，夏天坐竹摇椅，春秋天坐太师椅看书，手不释卷、卷不离手。除非有事，如有人请他“打时”“打卦”或看病，或去做大佬倌（即做邻里纠纷中的调解主持人）才会放下手中的书本。

传统的乡村，家里遇到了不能解决的事情，常常要请人打卦，而乡村知识分子大多兼有这一方面的才能，大部分知识都是来自《周易》等专门论述打卦规则技巧与凶吉卜类解说的书籍。父亲说，他见过曾祖父替人打卦，其中过程不少，如占卜前，他要家人打水来给他洗手洗脸，然后点燃三炷香，给天地上香，礼拜完后，拿上三枚铜钱放入手中，合掌摇动铜钱，摇了三下后打开手掌，把铜钱撒在桌面上，看一看铜钱几枚是正面朝上、几枚是背面朝上作为卦的答案，如此连续重复三次才作结论。当时还有一种卜卦叫“打时”，由求打者报时（即子、丑、寅、卯……任凭自己报），按照所报的时，结合当下的时辰掐指一算就算出来了。来打卦的人，有的是问家人在外是否平安，有的是问前途，有的是问凶吉，有的是问遗失的物品现在何处，等等。有时竟然应验，所以经常有人来求打时、打卦。

除此之外，他也行医。那个时候的乡村，交通不方便，医生也很少，他精通医术，还开有药铺。他常为人看病，但这并非他的主业，而是作为一种义务服务于乡亲们。他有时还给前来求医的乡亲们出诊，通常是随到随看、随请随去，他看病、把脉都很仔细认真。有时乡亲们打着火把半夜里叫门前来求治，他有求必应，出诊费分文不取，遇到家境困难一时拿不出钱买药的病人，反而垫钱给病人到药店买药。他的中医医术是祖传加自学的，是远近闻名的全科中医，什么病都能治，家中书籍如山，楼上楼下都是书柜，其中有不少的中医书籍。凡是经他治过的病人，绝大多数都治好了，所以求医的人特别多，谢情的人络绎不绝。因曾祖父不收乡亲们的任何费用，义务看病，病人与其家属过意不去，便送来礼物以表谢意，不是送鸡就是送蛋或鱼肉水果时鲜之类，长年不断。远近几十里地的乡亲们尊称曾祖父是救死扶伤、主持公道的老夫子——“熙如老倌”。

曾祖父是远近闻名、德高望重的秀才，年年都有家长们把子女送到他办的私塾来读书，不仅仅是为学文化知识，更是为了学会做人。私塾所教授的内容很丰富，有《百家姓》《三字经》《千字文》《幼学琼林》《增广贤文》等；有读四书五经的，如《大学》《中庸》《论语》《孟子》；还有《易经》

《公羊传》《谷梁传》……不管读什么课程，都要教写字、对对子、写文章，高年级还要学作诗填词。课堂设在家里下厅，学生有时多、有时少，一般十来个人，不一定。他教过不少学生，自然也包括自己的子侄孙儿。曾祖父那一代不教女儿学文化，只教女儿学针线活。偏偏他的二女儿，即我的二姑婆，聪慧过人，记忆力强，过耳不忘。听说，有时我祖父背书背不来时，她却听熟了，便给我祖父当枪手。就靠做旁听，她学会了作诗，是当时的才女，可惜封建教育把她拒之门外。

我祖父辈兄弟和父亲辈兄弟姐妹都是曾祖父的学生（到了民国，女孩和男孩一样接受教育）。私塾的教室里一般都挂有孔夫子画像，如果学生罚站，就站在孔子的画像前反省。写过字的废字纸，不能乱丢，更不能拿来擦屁股，有辱孔子的教导，必须丢在字纸篓里。纸篓装满后要用火盆或面盆放在孔子像前烧，以示尊敬文化。每天上课前、下课后学生们要轮流打扫卫生，并给老师洗水烟筒（铜制品，烟头与烟嘴下面有一个水筒，烟雾通过水里吸入嘴里，不易上火），同时还要用草纸搓纸煤（即草纸条），烧好开水、沏上茶、研好墨。冷天还要给老师火桶里生好火，下课后由值日生收拾教室。上课时由老师讲课，讲完后学生要读熟、背诵，并讲解给老师听，如果背诵不出、讲解不来，要重新熟读，直至背得来、讲得清为止才上第二课。每天学生要交一张大字，高年级的学生还要交一张小楷字练习，还有对对子、作诗、写文章……功课安排得满满的。所有作业都要交送老师批改，各大、小字练习写得好的，老师就在字的边上用朱砂红笔打圈，写得不好的就在边上打“×”。如果两次背不来书，年纪小的学生自己就搬来长凳老老实实趴在条凳上让老师打屁股，女生则用竹鞭打手心，或在孔子像前罚站反省。有时曾祖父给学生讲故事，大都讲的是精忠报国的《岳飞传》，以及《三国演义》《西游记》《水浒传》，宣扬孝道精神的“二十四孝”和勤奋好学的“头悬梁，锥刺股”的故事等。

每逢时节，学生们常提礼物来送给老师，春节是拜年的礼品，清明节送的是清明粑，端午节送粽子、鸡鸭蛋，中秋节送月饼水果，等等。学费有一定的行规，按行规收取，曾祖父对于家庭经济困难的酌情减收，他的学生遍及乡里。

说起他的学生们，父亲想起一个有趣的故事。有一次，都昌县彭县长请曾祖父到县政府赴宴，当曾祖父来到县政府接待室时，县政府秘书方乐琪曾是曾祖父的学生，他对曾祖父很尊重，不敢直呼其名，所以到县长面前通报时说“在下业师上熙下如到来”。县长听后说，“你上吐下泻，还不快点找医生看病”，连声说：“快去、快去！”方秘书知道县长听错了，又再和原先一样重说了一遍，县长听得不耐烦说：“你没看见我正忙着呢，还不快点去看病。”还是站在旁边的科员告诉县长说：“方秘书的老师方熙如先生来了，现在接待室。”县长这才明白过来，于是跑到接待室对我祖父说：“失敬！失敬！未曾远迎。”彼此客套一番。在传统社会中，对长者、老师的名字不能连着念，所以曾祖父的学生说“业师上熙下如”，那时已是民国时期，未免太过迂腐了，但也由此看到了当时的礼节。

曾祖父的文章、诗词、书法造诣都很深。前面说过他著有《韵史》一书，可惜在1954年鄱阳湖涨大水时，我们家百年老屋随着整个村庄被洪水冲走了，家中所有东西，书籍与曾祖父、祖父的文章、诗词、著作手稿都荡然无存，尤其是高祖父、曾祖父、祖父他们三代的书法堪称铁线银钩、龙飞凤舞，是我们后代人望尘莫及的。曾祖父经常被回乡做房子上梁、做寿、婚嫁喜庆的人家请去写斗大的大字，如吉星高照、紫气东来、寿比南山、福如东海、百年好合、五世其昌之类。每逢过春节，更是义务为乡亲们写春联，一片繁荣景象。据说我的高祖父与曾祖父的书法很相似，父亲回忆，有一年六月天晒书翻契约时，曾祖父发现几十年前发黄的老契约很像是他自己写的，可那时他还年少，仔细一看落款竟然是他父亲和梗的名字，何其相似乃尔，以至达到自己也难辨别的程度，说明高祖父在世时也是远近闻名的书法大家。直到父亲这一代人，父亲和伯父都写得一手好字。但由于时代的变迁，如今知识分子多注重外语、数理化等专业学科的学习，不再追求书法艺术。到了我们这一代，书法也就是一般了。

曾祖父虽不善理财和经营生意，但却学识渊博，是晚清的秀才，是村里非常有名望的乡绅。传统的中国人，不会仅仅因为有钱才有地位，有知识也会有地位，因为中国社会向来是以读书人为中心的社会，即便是商人，有钱后也会极力培养后代读书。也就是说，即使后来我的曾祖父因为不善理财，店铺被人侵占了，矿山和织袜店都倒闭了，不再是村里最有钱的人，但他凭着自己的学识，在乡村还保持着自己的乡绅地位。

在传统的中国社会，乡绅既可指居官与有职位的人，也可指有一定社会地位的文人。乡绅身份的取得是依靠科举考取功名，有学者认为，由科举途径而获得的功名身份的终身制，使一批人沉积下来，形成一个有稳定的制度性来源的社会群体——乡绅集团。大部分乡绅在城乡都有着固定的地产，自汉武帝以后，这一阶层就“恒产化”，在乡里定居。除了物质资源之外，他们还借助于科考系统积累了丰富的社会资源，他们与在野的官员有着千丝万缕的联系。这些以政治权力的形式表现出来的对社会资源的占有，对于确立乡绅阶层在乡村社会的地位起着关键的作用。此外，乡绅阶层还占有一套完善的、复杂的符号系统，构成了乡绅阶层对社会意识的影响力。乡绅阶层是知识的占有者，在一个小农占绝大多数的传统社会，知识很容易转化为其他的资源。其次，乡绅阶层有着共同的价值标准和文化趣味，形成了区别于其他社会阶层的精英标志。同时，作为社会意识的核心价值的儒家传统也在乡绅阶层得到了巩固和传播，我们家的存心堂理念以及一直流传的祖训就是典型的儒家传统。

这些乡绅阶层并非都有官职，只因为拥有知识和学衔，在乡间拥有举足轻重的威望和权力。众所周知，古代中国崇尚无为而治，国家的权力只能抵达县一级政府，要下达到乡间，必须有乡绅阶层作为政府和百姓之间的中介。乡绅阶层深受儒家礼仪教化，是乡间的道德楷模。对于地方公益性事务，他们自认为负有义不容辞的责任。如兴修水利、兴办慈善、赈济灾民等，都是由他们而非州县政府出面组织进行。对于来自政府不合理的政策，他们也有权力面见州县官进言，代表民众进行驳正、抵制。他们又兼任宗族的家长，维持着乡间社会的礼仪和秩序。千百年来传统中国社会秩序有条不紊，全赖乡绅阶层之力。

我的高祖父和曾祖父都是属于这类的乡绅阶层。高祖父的业绩我们后代已不太清楚，但有关曾祖父的一生，家里老人们还一直在传颂。据我的一位表叔回忆，曾祖父在都昌的乡绅中，一直是以刚直不阿、不畏强暴而享有盛名，在方姓家族中威望更高，六族中的要人都不敢直呼其名，而尊称其为“老夫子”。凡族中大小纠纷的调解处理，“老夫子”不到就解决不了，他老一到场任何纷繁事务都可以迎刃而解。曾祖父学识渊博，但由于朝代的更替，所取得的功名仅仅一个秀才，便不再有机会应试，在这方面可以说他是终身抱憾，远不如初衷。

据我的表叔回忆，由于学识渊博和人品高尚，曾祖父去世时，全县的乡绅和省市的名人皆来致悼，素联送葬人群达数里之遥。其中有一副藏头对联写道“熙世功名曾敝屣，如公今古属完人”，可见当地文人对他的评价之高。而且通过曾祖父的故事，让我看到中国乡村中的传统知识分子，不仅有“儒”的身份，还兼有“巫”的身份；不仅有教师的身份，还有医生的身份；教师通儒，医生通巫。正是其有这些重要的特长，才使其常常为乡村的无冕之领袖。

# 军人家庭



方家到我祖父一代开始投笔从戎，就此，我们家族走出了都昌县三汊港石门楼方家村，进入城市生活。根据父亲回忆，祖父端民公于光绪二十一年（1895）出生，1939年6月11日病逝于重庆。

祖父生性聪明，记性好，从懂事起，就开始读书，读过的书都能背诵得来。已未年（1919），祖父24岁，以第一名的成绩考入九江第六后期师范专科学校，在校五年里无论月考、期考总在前三名，得到老师与校长的器重。他熟谙经子史百家言、诗词歌赋等，对近代的科学、政治、经济、军事等学科也很感兴趣。癸亥年（1923），祖父28岁，他毕业于师范专科，相当于现在的大专生，不知是否可以相当于一个秀才，但无论如何，在当时也就算是一个村里少有的新型知识分子了，也算传承了家族书香门第的传统。

当时，适逢天灾人祸，且高祖父和梗公病逝，于是，全

祖父方端民照片

家老小搬到都昌县城居住，开有前店后坊式的“道生袜店”，由家中女眷们用机子织袜子卖。祖父在都昌县立小学受聘当老师，教学成绩显著，得到学生与家长们的信赖与好评。

丙寅年（1926），祖父31岁，正值北伐战争爆发，本着天下兴亡匹夫有责的知识分子信条，祖父经曾祖父同意投笔从戎。于是祖父加入武汉学兵团受训。丁卯年（1927），祖父32岁，国民党第四军政训部招考文书，祖父以第一名的优异成绩被录用。张爱松部长很器重他的才华，一月之内连升三级为上尉军需官（即部队后勤的财会人员）。北伐胜利后，张爱松部长将祖父在北伐一路上所作的诗作展示给第四军军长张发奎和缪培南、谢白远等将军看，他们边煮酒，边欣赏诗文。祖父被他们引以为奇才，并由此被提升为少校某军兵站站长之职。就在那一年，武装押运军械弹药、军饷十

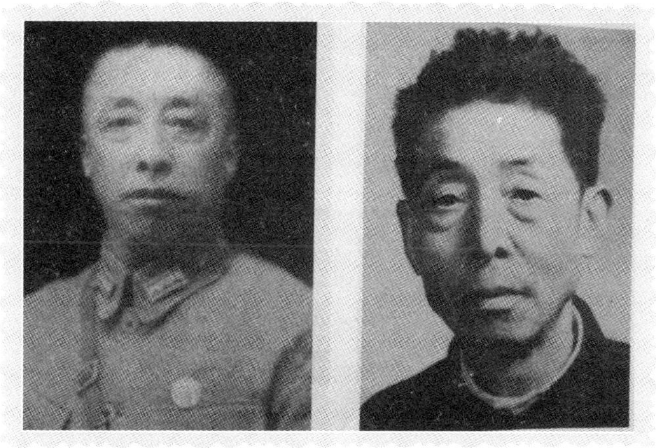

左：祖父；右：二叔公

多艘船往广东惠州，途经一个叫“瘦狗街”的地方，天色已晚，正准备停靠过夜时，哨兵发现两边山上有埋伏，押运的营长还未反应过来，整个船队已被围困其中。在此紧急关头，祖父与营长率领所属官兵回击，终因地势不利，士兵伤亡惨重，只得与营长率部突围。突出重围后，仅排长骆子云相随，其余人员全部被冲散，所押运军械弹药、军饷被劫。当时正是年三十，祖父无法回军部交代，只得回老家另谋生路。快到家时，他作了一首五言绝句，诗曰：

千里不一瞬，万里不崇朝，

近家情更切，咫尺似天遥。

戊辰年（1928），祖父33岁，回到江西拜见都昌乡亲。在家乡，遇见刘任夫师长（1886—1982，后任国民政府参军长），一见面亲热得很，委任祖父为上尉秘书。后因刘师长调离，他只得辞职回家，给九江报社撰稿，卖文求生。这是他又一次的失业。其时又适逢同乡军政部长曹浩森（1884—1952，后为陆军上将）因公路过九江，他素来器重父亲，邀请其去南京，正巧东南医院院长郭琦元向曹觅访秘书。于是，祖父经曹引荐任驻武昌的中央第一陆军医院的上尉秘书。甲戌年（1934），祖父39岁，郭院长下台，祖父也因此再次失业，漂泊他乡，只得又去南京找曹浩森。由于他一贯认真负责、一丝不苟、廉洁奉公，得到历任领导欣赏，因而曹浩森委任他为上尉军需官。

丙子年（1936），由于祖父工作成绩卓著，成为培养对象，42岁以第一名的优异成绩考入北平中央军需学校带薪培训。丁丑年（1937）七七事变爆发，学校提前毕业，毕业考试时祖父又获第一名。随军政部军需署迁往重庆。其间曾祖父母、祖母、姑姑和父亲本拟随祖父同往重庆，但曾祖父母怕老死在异地他乡（当时他们刚满60岁）不肯同往，祖父是个大孝子，唯父母之命是从。于是，一家人在前往重庆的途

祖父、祖母以及父亲、大伯、姑姑等的全家福

中，于广西桂林分手。曾祖父母直接回江西都昌老家，祖母、姑姑和我父亲则到在江西南城二十四兵站军医院工作的三叔公方飞家，而祖父一人去了重庆。

那是一个战争年代，处处都要躲飞机，特别是重庆，频繁遭日寇飞机轰炸，被炸死的同胞无数，全家老小无比惦念着祖父的安危。那时的通信相当不便，每封信至少要寄十天半个月才能收到。家里人天天盼望着祖父报平安的书信，一旦收到了来信，一家人欣喜若狂，真乃“烽火连三月，家书抵万金”。如果隔久了没有收到祖父的信，全家人的心都绷得紧紧的。那真是度日如年，一家人经常生活在无限的惦念中，永无了时。谁知担心的事最终发生了。

己卯年（1939）夏，祖父受委派于湖南衡阳中央军需学校衡阳分校，任中校教官兼副官主任，接到委任状时正当旧病初愈身体虚弱，在那炎天暑热的重庆赶办移交手续，整天大汗淋漓。一天，在回宿舍的途中，马路像火焰山似的烤人，勤务员为了方便打来冷水给他洗澡。因之闭汗高烧了七天，烧成肺炎，不治而亡，寿终于军政部军需署宿舍中。是时，民国二十八年（1939）农历六月十一日寅时（早晨3—5点钟），享年45岁，葬于重庆市两路口李子坝桂花园，原江西会馆万寿宫旁的坟山上。由于那时通信落后，大概在逝世几天后家中才得到噩耗。

接到这一噩耗，全家老小遭遇到了晴天霹雳般的打击。当时我父亲和祖母还有姑姑，随着三叔公一家还在逃难的途中。据父亲说，在此前的三天晚上，夜深人静，三叔婆却听到大厅里有皮鞋走路的响声，感到奇怪、狐疑不解；同时，三叔公医院的一位同事说，三天前傍晚，他经过独木桥时，在上桥之前，看到桥的对面有一位穿着军服留平头的军人向他走过来，快到面对面时，突然不见了踪影，正在猜疑。联系起噩耗，大家都认为是祖父的阴魂显灵，与滞后三天得到噩耗的时间刚好吻合。

父亲说，全家得到噩耗的当晚，屋外有一种鸟叫声，不

左：三叔公；右：祖父

停地围着房子“呜哇！呜哇”地惨叫，这样的叫声，更使得在场的家人痛哭不已，祖母顿时晕倒在地。大家都认为这是祖父的阴魂不散，不放心家人未来的去处。三叔公时年25岁。他对着窗外说：“大哥，您放心地走吧，大嫂和侄子女有我在，您不用担心。”接连说了几遍，叫声才渐渐消逝。

父亲经常回忆起祖父，说他对上孝敬父母，对下无微不至地关怀成长中的子女，对弟妹如对自己一样。祖父是老大，比二叔公大14岁，比三叔公大20岁。比三位姑婆均大几岁。据三叔公说，他小时候遇到炎热天，他在前面走，祖父就跟在后面为他撑扇；他长大工作后，他和叔婆从成都回江西时

祖母沈金清78岁时的照片

的路费是祖父寄给他的。

三叔公每当提到祖父对他的关怀与照顾时，总不免动容，哀叹不已。骨肉情深，两位叔公在曾祖父和祖父母的全力帮助下，不仅读了书，还在部队当过军医，后来均成了受人尊敬的名医。父亲说，祖父对几位姑婆们同样关怀备至，如大姑婆的儿子、二姑婆的丈夫都是祖父替他们找的工作；三姑婆的婚姻不如意，他是坚强的后盾。祖父逝世后，凡是提起他们心中的大哥时，几位叔公姑婆总是感恩戴德，滔滔不绝地述说大哥对他们的手足情深。祖父与祖母夫妻之间，真正做到了相敬、相亲、相濡以沫、同甘共苦，父亲回忆道，从未见他们斗过嘴、吵过架，一直延续着相爱的状态。

我相信祖父母之间一定是相敬与和睦的，但是否相爱，我是略持怀疑态度的，因为我知道中国是一个重视血脉传承的国家，父子关系重于夫妻关系，在传统的中国人的眼中，妻子只是传宗接代的工具，因此，爱情不是最重要的，共同哺育下一代才是更重要的。因此，夫妻之间的感情总是比较淡然的，而且妻子和丈夫都是受父母之命、媒妁之言，并不是自己找到的与之相配的另一半。当然，我的祖父母是否例外，不是我们这些后人能够搞清楚的了。

传统的中国社会家庭教育重于学校教育，因此，祖父对待子女的教育也是很重视的。到祖父的时代，中国已经发生了巨大的变化，面对世界列强，中国的知识分子终于看到，仅仅是掌握庙堂文化，即社会规范的文化、人与人相处的文化是不够的。还必须掌握科学技术，还必须懂得社会的经济运行模式；在传统的中国社会，生产技术是由不识字的工匠们来掌握，经济的运营模式是由粗通文墨的商人们来掌握，而饱读诗书、有机会驾驭国家发展方向，并有机会与不同国家上流社会打交道、有机会掌握各种外来知识的读书人，却对此漠不关心。

他们四体不勤，五谷不分，将劳动技艺当成不值得关注的雕虫小技，致使中国在工业革命来临时，处于了落后的境地。而这一教训也开始被知识分子所关注，包括我的祖父，他也反省到了这一问题。所以他对我的父亲说：“为什么世界列强敢欺负我们？日本鬼子敢侵略我国杀我同胞？就是因为我国贫穷落后，工业不发达，科技不如人。所以你们要努力读书，学习文化、科技知识，武装起头脑，长大以后建设我们的国家，使祖国强盛起来。国家兴亡匹夫有责，大人抗日救国，儿童们努力学习就是抗日救国，为抗日救国而学，为振兴中华而学、而奋斗，万众一心筑成我们新的长城。国家富强了，看谁还敢侵略我国，看谁还敢欺负我们。总之，要以天下为己任，为抗日救国振兴中华而努力学习、努力奋斗。”

从我父亲回忆的这段话中可以看到我的祖父当时的心情，一方面，他深刻地意识到了中国传统知识的不足，这一不足就在于我们的科技不如人，所以新一代知识分子要学习和补充这方面的知识；另一方面，他还是保持了中国传统知识分子的信念，即“天下兴亡，匹夫有责”。现在回想起来，这一信念，不仅由我的祖父传递给了我的父亲，也由我的父亲传递给了我们，这是后话了，我以后再说。

祖父虽然受过新学的教育，但在骨子里还是一个传统的知识分子，他将仁义道德还是放在他行为的首位。他于1934年在南京与三叔公作别时，作有一首诗，以“存心”二字互勉，告诫子孙后代待人要存仁爱之心。

十年戎马老书生，今日汉城又送行。

万里关心毡帐月，九秋松菊故园情。

惭于尘积征衣旧，看汝飞鸿雁阵横。

叮嘱一言须记取，“存心”二字是家声。

父亲回忆道，祖父不仅这样说，而且也是这样以身作则去做的。他说，1939年日本飞机轰炸重庆时，山城躲警报，人潮汹涌，上下坡容易造成踩踏事故。有一次躲警报，一位妇女被人潮挤倒在地，有被人潮踩踏的危险，祖父不顾自己的安危，用自己的身体挡住人潮，把挤倒在地的妇女扶了起来。

父亲说，祖父爱国爱民，为官廉洁奉公，一身正气。在三叔公的回忆录里，1931年祖父在武昌小朝街居住时，夜静更深传来卖豆腐声，使他慷慨地写下一首歌曲抒发他当时的感受，现只记得开始的几句：“剥剥剥卖豆腐，卖不了梆声苦；剥剥剥，走遍东西南北路……”歌词反映出祖父对劳苦大众无限深厚的情感。

1937年七七事变后，当时的首都南京局势紧张，疏散人口，祖父送父亲姐兄弟回江西老家时写了一首诗《遣妻儿回家感怀》：

长安不易居，胡向长安去。

何处是长安，翘首默无语。

妻泣子泪啼，儿女英雄泪。

英雄已临头，儿女望继赴。

强抑别离情，送儿归故里。

教儿永不忘，挥戈洗国耻。

祖父去世的那一年，父亲年仅9岁，姑姑15岁，大伯20岁，当时大伯是军政部第五补训处少尉助理员，姑姑还是学生。因为祖父的原因，家族许多亲友皆与军队有关，如两位叔公皆在国民党部队医院当军医。大姑婆的儿子王国栋表叔，二姑公曹明干等都是他一手提携在部队上当军官。我们家族，就这样，由于祖父而由乡绅家族转为军人家庭。

祖父虽然是在国民党的部队工作，但家人却怀疑祖父和共产党有关系，祖母曾说，1938年冬，祖父母带着父亲他们到江西抚州与在兵站医院当军医的三叔公一家人相聚。谈起当时的局势时，祖父对三叔公说：“细佬（小弟）哇，去延安吧，中国未来的希望在延安。”当时三叔公因有家眷拖累，未能前行。中华人民共和国成立后，祖母在报纸上读到有关当时江西省省长邵式平和方志纯的消息时，告诉家人，他们在中华人民共和国成立前都曾到过祖父的家里做客，祖母见过他们。后来，父亲在《都昌县志》中，了解到老家三汊港曾到过红军。1927年至1941年，都昌、湖口、鄱阳、彭泽、浮梁等县一带山区曾经是苏维埃县、区、乡、政府、协会，是工农红军游击大队的革命根据地。《都昌县志》记载："工农红军都湖鄱彭游击队这一游击区扩展到鄱阳黄龙港—彭泽上十岭—湖口棠山—都昌徐埠汪墩，三汊港—彭泽—湖口—鄱阳—都昌……连成一片，纵横200余里，成为皖赣边一块重要的根据地。"其中，都昌三汊港即我老家方家村所在的集镇。我的堂叔听二叔公（他的父亲）告诉他，在祖屋的阁楼上，曾经收藏有一个铁皮盒子，里面有不少的书信，其中有周恩来、朱德写给我祖父的信，后来被一些不懂事的孩子打开，当废纸用了。由于祖父英年早逝，父亲一代的人都尚年幼，祖母和叔公们的回忆也拿不出什么确切的证据，所以这件事情，虽然在家族中不断被提起，但也没有人深究过，只是猜测，祖父也许是当时的共产党，因为邵式平和方志纯在1949年以前都曾在江西活动过，朱德和周恩来都参加过南昌起义，也是在江西。这使得全家人对祖父在世时的真实身份一直有所猜测，认为他当年如果不是共产党，也有可能是同情共产党的人，但也可能是应抗日战争时期国共合作的需要。

俱往矣！一切皆已成为历史，其对于我们家族的历史也成为不太重要的一笔。

我的祖父虽然成了军人，但在他身上仍然可以看到乡绅家族陶养成的许多品质。我一直在想，如果不是社会变化，不是我的祖父英年早逝，像他这样的人，到了一定年龄以后，肯定也会叶落归根，同样会成为荣归故里的乡绅。

费孝通在他的文章里写道："海外的华侨可以劳苦终日，一文一文地储蓄了寄回家乡，死了还把棺材遥远地运回去安葬；那种万本归原的办法是西洋人所不能了解的。在我们传统文化里却看得比什么都重要。"华侨如此，官员如此，商人如此，只要是中国人都如此。这就是费孝通先生所讲的，人和地在乡土社会中有着感情的联系，一种桑梓情谊、落叶归根的有机循环中所培养出来的精神。正是由于这种精神和乡土的联系，维持着自然的有机循环。也就是这种有机循环，从农民的一朝拾粪起，到万里关山运柩回乡止，那一套所维系着的人地关联，支持着这历久未衰的中国文化。但是当中国进入现代社会以后，以前保留在地方上的人才被吸走了；原来应当回到地方上去发挥领导作用的人，离乡背井，不回来了。一期又一期的损蚀冲洗，腐化了中国社会的基层乡土。

在这些人中也包括了我的父亲，他从十几岁离开了那座村庄后，直到80岁才在我们的陪同下回到了村里寻根，但村庄早已被洪水淹没，只找到了曾祖父的坟墓。而我从未到过那座村庄，只是在父亲80岁那年，第一次来到了在我各种表格的"籍贯"一栏一直填写着的"江西都昌"。我们没有找到原来的村庄，但我们找到了当年村庄的人们所建的新家园，大家在新的地方重新建了家族的祠堂，还重新修了族谱。尽管这样，但我们这一代人已经回不去了，乡村已经凋敝了，中国乡村的凋敝就是中国传统文化的凋敝。

近年来，随着社会的发展，国家越来越重视乡村的重建，通过家族史，我看到了人才是决定文化的首要因素，乡村社区如果要有序地运转，必须要生长出新的社会重心和新的领袖人物来帮助政府与村民们沟通，就像是当年乡村里的乡绅，他们是乡村灵魂的一部分。费孝通先生在英国的乡村看到：现在那些过渡性的领袖是从都市里退休回去的医生、公务员、学者和富于服务心的太太们。这些人并不是从乡间出身的，他们的职业也不在乡间，但是退休到了地方上却成了地方自治机构中的重要人物了。他在设想，未来中国的乡村是否也能这样？我们这一代人是回不去了，但晚于我们离开村庄的新一代人是否还能回到故里，那也就不得而知了。

中篇

/

# 我的父亲

# 父亲方子磁的童年生活

父亲对童年生活有他自己的回忆，他在自己的回忆录中写道：

父亲逝世后，我们需要寻找生活来源，几个月后，15岁的姐姐辍学，跟着三叔父当护士，9岁的我和母亲跟着刚刚参加工作的大哥过日子。母亲帮人洗衣服，我守着家门口摆的香烟摊子，生活还是难以为继，只得另找出路。1940年我和母亲回到了江西都昌老家，虽说父亲生前是管理财务的军需官，但他为人正直，为官清廉，家里一贫如洗，唯一的财产就是分家时父亲名下的两亩多田地，年收租谷约100多斤，还有老屋下分的两间住房栖身。

孤儿寡母为了生存，小脚的母亲和未成年的我，自己种菜、种地。养猪养鸡，没有饲料，打猪草；没有柴烧，就砍地边上的地塆柴（即地边上长的灌木）。到了收获季节，去捡别人收割完后，丢下不要的谷、麦、穗。粮食不够吃就以菜代饭充饥。另外，哥哥和姐姐每月从自己微薄的工资里解囊接济我和母亲度日。

1942年12岁那年，我认为自己长大了，跟着在景德镇打工的熟人徒步走了两天，到景德镇黄家洲“冯发盛红店”（粗瓷彩绘加工店）当徒工。恰逢景德镇红店同业公会那年禁收徒工（规定每三年收一次徒工），未能当成徒工，只得回家熬日子。就在那年，日本人占领都昌县城，邮电不通，兄姐的接济中断，只得硬着头皮借高利贷谷子，借一担第二年还两担。我和母亲吃完了一担高利贷谷子后，怕来年无力偿还，只得吃剩下的糠和自己种的菜充饥，吃糠后，解大便非常痛苦，大便和猪粪一样又粗又硬，解不出来，肛门往往被大便涨破流血，痛得流眼泪，以致怕解大便，每餐吃个半饱。如此吃了一个多月的糠菜饭，直至都昌与外地通邮后，哥姐又继续接济我母子俩，终于熬过了吃糠的日子。迫于解决吃饭问题，小学毕业后我只得读免费的简易师范，没钱读初中。1945年9月，我简师毕业后，在本地教初小。于是，我在自修求学的路上迈出了第一步。面对现实，我只能边教边学，教学相长。也许就是如此，让我养成了自学的习惯，从此，无论何时何地、何种环境，我都能坚持业余自学，这样的习惯一直伴随着我的终身。

我和母亲回到都昌老家后，每当星期天或寒暑假期，我都跟随祖父在私塾里学习传统文化的启蒙教材与四书五经之类的古籍。到如今我已是80多岁的老翁，仍能凭记忆写下当年祖父传授给我的知识。

## 一、读书的意义

（1）以知仁勇为达德，好学近乎知，力行近乎仁，知耻近乎勇，知斯三者，则知所以修身。使人能以仁己任，爱人、敬人使老者安之，朋友信之，少者安之。

（2）书中自有黄金屋，书中自有颜如玉，书中自有千钟粟。“学乃身之宝，儒为席上珍，君看为宰相，必用读书人。”“天子重英豪，文章教尔曹，万般皆下品，唯有读书高。”“遗子黄金宝，不如教一经。”

（3）“吾尝终日而思矣，不如须臾之所学也。”“才须学也，非学无以广才，非志无以成学。”

（4）“书犹药也，善读之可以医愚。”“书到用时方恨少，事非经过不知难。”

（5）秀才不出门，能知天下事。可以赞天地之化，至乐无如读书。

## 二、读书须知

（1）“一寸光阴一寸金，寸金难买寸光阴。”“少壮不努力，老大徒伤悲。”“少而好学，如日出之阳；壮而好学，如日中之光；老而好学，如秉烛之明。”“书山有路勤为径，学海无涯苦作舟。”

（2）“虽有至道，弗学不知其善也。是故学然后知不足，教然后知困。知不足，然后能自反也；知困，然后能自强也。”

（3）“君子学必好问，问与学，相辅而行者也。非学无以致疑，非问无以广识，好学而不勤问，非真能好学者也。”“智者千虑必有一失，圣人所不知，未必不为愚人之所知也，愚人之所能，未必非圣人所不能也。理无专在，而学无止境也。”“闻道有先后，术业有专攻。”子曰：“三人行，则必有我师。”子曰：“敏而好学，不耻下问，是以谓之文也。”

（4）“博学之、审问之、慎思之、明辨之、笃行之。”“人一能之己百之，人十能之己千之，果能此道矣，虽愚必明，虽柔必强。”

（5）学贵有恒，知识贵在日积月累。“积土成山，风雨兴焉，积水成渊，蛟龙生焉。积善成德，而神明自得，圣心备焉。故不积跬步无以至千里，不积小流无以成江海。”“绳锯木断，水滴石穿。”“锲而不舍，金石可镂。”

（6）“人之为学有难易乎？学之，则难者亦易矣。”读书犹如逆水行舟，不进则退。知难而上，坚持不懈，活到老学到老，天道酬勤，功到自然成。

（7）“君子生非异也，善假于物也。”书亦物也，善用能化难为易，化坚如泥，体能有限，智力无边。

（8）读书譬如行远必自迩，登高必自卑。由浅入深，循序渐进，如切如磋，如琢如磨，举一反三，触类旁通，求知贵博，技艺贵专精，一门深入，精益求精，出于其类，拔乎其萃。“君子博学而日参省乎己。则知明而行无过矣。”

（9）工欲善其事，必先利其器，欲成栋梁才，须下苦功夫。

## 三、修身

（1）立志：“上致君，下泽民。”士不可以不弘毅，任重而道远，仁以为己任，死而后已。

（2）正心：“欲修其身者，先正其心；欲正其心者，先诚其意。”“意诚而后心正，心正而后身修。”

（3）仁爱：君子以仁存心，泛爱众而亲仁。仁者，心之德，爱之理。少欲，宽惠，行德。和以处众，宽以接下，恕以待人，谓之仁。孝悌也者，其为仁之本欤？君子务本，本立而道生。道者，不可须臾离也。

（4）君子：“修己以敬，修己以安人，修己以安民。”“使老者安之，朋友信之，少者怀之。”“自天子以至于庶人，壹是皆以修身为本。”

（5）节俭：“士志于道，而耻恶衣恶食者，未足与议也。”“奢则不孙，俭则固。与其不孙也，宁固。”“俭，德之共也；侈，恶之大也。共，同也，言有德者皆由俭来也。夫俭则寡欲，则不役于物，可以直道而行。”“侈则多欲，君子多欲则贪慕富贵，枉道速祸……是以居官必贿，居乡必盗。故曰：侈，恶之大也。”奢者心常贪，俭者心常富。

（6）为人处世，须知生于忧患，死于安乐，故应居安思危。凡事预则立，不预则废，未雨绸缪。傲不可长，欲不可纵，乐不可极，志不可满。般乐怠敖，是自求祸也。温良恭俭让，有容德乃大。严于律己，宽以待人。见贤思齐，见不贤而内省。隐人之恶，扬人之善。赞叹福生，作念祸生，勿鄙人短，勿恃己长，己所不欲，勿施于人。

交须胜己，居必择邻。邻里之间，出入相友，守望相助，疾病相扶。与人为善，助人为乐。

（7）言多语失，言顾行，行顾言，不信口轻诺，轻诺易寡信。求同存异和为贵。“正己而不求于人，则无怨，上不怨天，下不尤人。”“爱人不亲，反其仁，治人不治，反其智，礼人不答，反其敬，行有不得，皆反求诸己。”

（8）千经万典，孝义为先。上慈下孝，兄友弟恭，夫妻相爱，同甘共苦。想对方之所想，急对方之所急，对不同的意见，应从好的方面理解，任劳任怨，同心协力，肝胆相照，荣辱与共，家和万事兴。积善之家必有余庆，积恶之家必有余殃。

（9）“富与贵是人之所欲也，不以其道，得之不处也。贫与贱是人之所恶也，不以其道，得之不去也。”“故士穷不失义，达不离道。”见利思义，临财毋苟得。甚爱必大费，多藏必厚亡，金玉满堂莫之能守，知足不辱，知止不殆，可以长久。“祸莫大于不知足，咎莫大于欲得。故知足之足，常足矣。”与人经济往来，原则上恪守本分。发生争议时，“宁可人负我，不可我负人”。吃亏是福，亏人是祸，祸福无不自求者也。自求多福。

从他的这些回忆，可以看到当年知识分子的教育，大多是教一些做人的准则、做人的道德规范，虽然有点脱离生产实际，但却能让你成为真正的、有品行的、社会的人。今天的知识分子，社会经济和科学技术方面的知识增加了，但有关道德规范和个人修养的知识却放松了，如果能二者合一，也许能造就既具有科学劳动知识又具有道德准则的人，两者的融合也许是未来人类的一种理想状态。

# 社会的动荡与命运的转折

1947年8月，父亲17岁，承蒙祖父的挚友孙作人校长提携，父亲在南京当时的联勤总部财务学校筹备处当司书（即抄写员），他从此离别了家乡，此后奔波一生，直到80岁才再次回到家乡。

父亲到了南京，自己吃饭的问题解决了，可祖母仍在饥饿中挣扎。当父亲领到了第一个月的工资时，高兴极了，马上给祖母汇钱，除了自己的伙食费与零花钱外，都通过邮局汇给了仍在受苦受累的小脚的祖母。谁知邮局送汇员将兑付局写成专区所在地的九江，那里离都昌三汊港90多公里，当时交通不便，以致一个多月后才取到汇款。当时的纸币贬值太快，待取到款时已贬去不少，这是父亲在人生中得到的第一次教训。此后为了保住钱，他每次都将钱买成金戒指，然后夹在皮鞋油、牙膏内寄回家，月月如此，直至江西解放为止，从此祖母的生活得以改善。

父亲在财务学校工作期间，白天上班，晚上进夜校补习班，走自学成才之路。不久，财务学校在上海江湾正式成立招生，父亲随着工作单位的迁移，由南京、上海到了厦门，在厦门调到其上级单位预算财务署，又随单位迁到重庆。

1949年重庆解放前夕，该单位迁往台湾，迁走之前宣布，愿意走的可随单位去台湾，不愿走的则可以留下，留下来的发给资遣费，分别办理去留手续。当时父亲想，全国大部分已经解放，只剩下一个小小的台湾能长远吗？他突然记起祖母曾说过，1938年祖父在抚州兄弟团聚时对三叔公说："细佬啊，去延安吧！中国未来的希望在延安！"如今事实说明祖父当年对局势的看法是对的，如果去了台湾，今后回大陆还得漂洋过海，谁知何年何月才能和亲人见面。何况祖母已经老了，他得回家看看她老人家。虽然在旧社会工作了两年，但父亲觉得自己年轻，只有19岁，有文化不愁找不到工作。考虑再三，他决定留下来迎接重庆的解放。

1949年11月30日，重庆解放了，满城都是解放军，红旗招展，锣鼓喧天，打腰鼓、扭秧歌，一片欢腾。到处都是临时搭起的书报摊，卖报纸和书籍，清一色的都是政治书籍，如《论人民民主专政》《新民主主义论》《论持久

1949年上半年父亲在重庆的留影

战》…… 父亲一口气买了十多种不同的政治书籍，回到宿舍如饥似渴地看这些书，以了解新中国的政治与发展方向。同时，为了今后找工作打基础，父亲决定重新上大学读书。他最初考上了重庆群治学院学俄文，在这期间，他通过同学的朋友认识了我的母亲李玉华，于1950年2月10日，即农历的1949年腊月廿四，与我的母亲李玉华结婚，在重庆大阳沟无锡大饭店举行的婚礼。父亲在重庆并无亲人，自然就成了上门女婿。

母亲的继父是码头的青红帮主，于1949年9月病故，时年46岁。外婆雷正芳时年38岁，是家庭主妇，大舅舅李鸿达时年15岁，二舅舅李福全时年8岁，三舅舅彭金泉（母亲

1950年父亲方子磁与母亲李玉华的结婚照

的继父所生）时年5岁，小姨彭玉明时年3岁（母亲的继父所生）。当时，外婆家上上下下除了约150平方米砖木结构的旧住房，以及河边几吨未卖完的焦炭外，一无所有，最后卖光吃光。全家七口的生活全靠我父母负担。

如此重的生活担子，使父亲无法继续上学，开始找朋友合伙开猪鬃加工作坊，做了半年多，没有赚到钱，仅仅维持了七口之家的伙食钱，于是散了伙。父亲又到南充贩猪油到重庆来卖，也没赚到钱。此时，父亲的资遣费也折光花光，于是就当小贩卖柴火、卖米、卖菜、卖水果，最后卖剩下的就自己吃、自己用，最终一事无成。又只好改卖棉纱，因父亲是新手所以没人买，一天赚到的钱不够当天的伙食开支。于是，他终于明白，自己不是做生意的料，只好托人在强华航运公司当勤杂工。由于工资微薄，难以维持家中生活，左

父母与外婆一家的全家福

1950年外婆与三位舅舅及姨妈到达长寿后的合影

1950年母亲与父亲的合影

思右想，还不如让外婆一家到长寿老家当农民。

当年，外公李金安是四川长寿县晏家场无基湾的农民，因生活贫困，抗日期间来到重庆当工人，在重庆邮政局当邮差，不幸于1942年日本飞机轰炸重庆时，被炸死在重庆朝天门码头邮趸船上，时年31岁。母亲一家四口生活无着，所以外婆被迫改嫁到彭家。后来彭姓的外公又去世，生活再次陷入危机。母亲觉得父亲有学问，嫁给了他，原以为找到了依靠，谁知道父亲是传统的知识分子，经商没经验，打工不擅长劳动，如今受生活所迫，只好让外婆一家人回长寿老家当农民，参加土改，分田种地。

母亲有自己的工作，她曾经读过商业学校，在一家工厂当会计。她的工资除自己伙食外全部寄给外婆以补不足，而父亲经过多番的折腾以后，发现自己除了读书学习，干什么都不擅长。于是，为了解决未来的出路和吃住问题，他决定去报考公费学校。

1950年，父亲报考了中国人民银行所属西南银行学校，招生对象是25岁以下高中毕业或同等学历、家住本市的青年男女，待遇是在校期间享受供给制，毕业后按行政二十四级干部待遇。这样的待遇应该是很不错的，所以报考的人数众多，竞争很激烈，但由于父亲一贯坚持自学，一考就考上了。入学后，由于刻苦钻研，成绩优秀，还当选为学生会主席。用父亲的话说，他从此摆脱了颠沛流离的生活，投入浩浩荡荡的革命洪流之中！这也是他由旧式知识分子转向新式知识分子的一个转折。

# 马列主义指引的人生

父亲是受传统教育长大的知识分子，面临社会转型，他充分地意识到传统的知识已经不足以应付新的社会发展，所以他需要学习，需要懂得马克思主义，需要将自己的学习与国家的发展联系起来。表面看起来他是要接受新的思想和新的知识，实际骨子里面还是乡绅式的“天下兴亡，匹夫有责”“修身、齐家、治国、平天下”的思想。于是他抱着满腔的热血，在银行学校学习期间，利用业余时间，自学历史唯物论、社会发展史等。他告诉我说，这些书的学习对他启发很大。

通过对这些书的学习，使我认识到生产力和生产关系构成生产方式，由此形成了不同的社会形态。生产方式的变化，决定着从一种社会形态向另一种社会形态的转化。生产关系即生产资料所有制的关系，是生产力赖以发展的社会形式，当生产关系与生产力的发展要求相适合时，它就有力地推动生产力的发展，当生产关系不适合生产力发展要求时，它就严重地阻碍着生产力的发展，只有通过革命来实现生产关系的改变。生产力是劳动者通过使用生产资料和劳动工具生产出物质资料的能力，这种能力的作用有三个方面。其一，劳动者在劳动中用自己的智慧、体能、技能、文化知识，实现经济发展；根据不同劳动对象的特性与其当时所处的环境条件，使用不同的工具、手段、方式方法进行生产劳动。其二，在生产劳动过程中不断探索，总结经验教训，不断积累汇集而成不同的文化科学技术知识成果，这就决定了生产力发展的与时俱进。其三，产出生产生活资料的各种人们所需的产品，由此说明生产力的发展与劳动人民智能、技能文化的不断升华，是物质文明与精神文明的源泉，每当一种生产关系发展到阻碍生产力发展的阶段，由于作为生产力主要因素的劳动者在旧的生产关系下受剥削压迫到难以继续承受时，必然奋起反抗，用革命的手段去摧毁旧的生产关系。生产力的解放是社会前进的必然趋势，势不可当，因此人类历史上产生了原始社会、奴隶社会、封建社会、资本主义社会和共产主义社会五种生产方式的社会。社会主义社会是共产主义社会的初

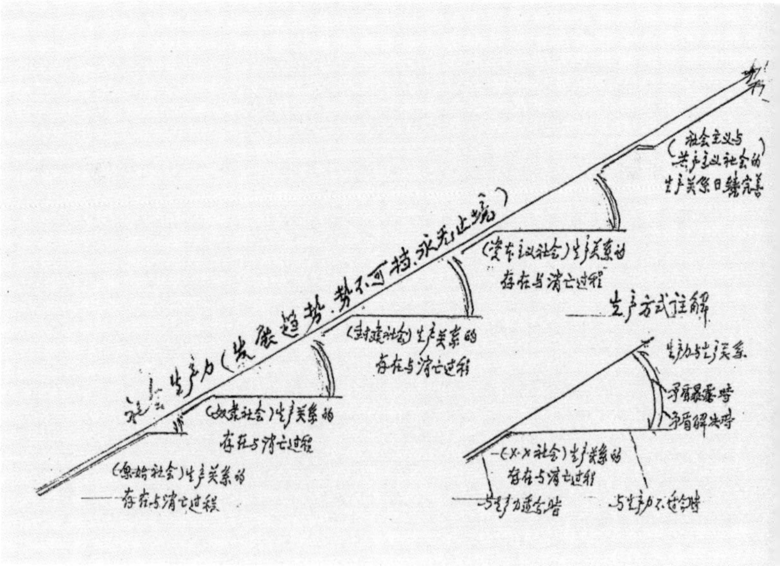


父亲绘制的五种生产方式图解

级阶段，共产主义社会的到来是生产力发展的必然结果。劳动创造了世界，人民群众创造了历史。

在银行学校学习社会发展史时，我为了加深理解，把当时学习的感受做了一幅图解，即五种生产方式中生产力与生产关系的变化。生产力的发展决定生产关系的变化，这是矛盾运动在生产力与生产关系的矛盾中暴露与解决的过程。因此，人类社会在生产力不断发展的过程中实现了由低级渐渐到高级的五种生产方式的社会。当前（1951年），在苏联实现了共产主义初级阶段的社会主义社会，在我国实现了新民主主义社会，正在向社会主义社会迈进。苏联和新中国的社会主义事业正欣欣向荣、蓬勃发展，人们向往着共产主义社会的明天。

在共产主义社会里，全体劳动人民，既是精神财富与物质财富的创造者又是享有者，“各尽所能，各取所需”。当生产力发展到全世界实现了共产主义社会时，再也没有饥寒交迫的奴隶，没有战争、奴役、剥削、压迫，人们过着自由自在的美好生活，幸福的明天正在向我们招手，怎不令人向往而为之奋斗终生。怎不令人激情奔放引吭高歌：“没有共产党就没有新中国……”

在新社会里，我们每一个劳动者都是生产力中的一分子，有责任、有义务尽职尽责，以完成个人对社会的人生历史使命。如果人人能如此自觉地“以天下为己任”，贡献自己的力量，美好的共产主义社会一定能早日来到我们可爱的中国。

在这种思想的激励下，毕业分配时，我积极地响应校党委的号召与祖国的召唤，申请到祖国最艰苦、最需要的地方去。于是，我从繁华的重庆告别了新婚的妻子，分配到了地处贵州西部高寒地区的水城。

1951年9月父亲离开重庆被分配到贵州之前和母亲留影

以上是父亲写下的读书笔记，他告诉我，在读书期间他很认真地改造自己的思想，并买来了当时出版的所有有关社会发展和马克思列宁主义的著作，每天认真阅读、做笔记。他回忆当时对他影响最大的一门课程叫“社会发展史”，讲的是人类社会发展的五个阶段，即原始社会、奴隶社会、封建社会、资本主义社会、社会主义与共产主义社会。这是一种进化论的思想，认为最终整个世界都会走向共产主义。当时，父亲相信这是科学，是真理，而且共产党是为穷苦百姓打天下，为穷苦百姓当家作主的党。

他甚至还认为，他也是穷苦人民的一员。回想自己的身世，他9岁时祖父就去世了；我的大伯刚满20岁，到国民党部队当了兵；姑姑15岁，跟着我的一位叔公当护士。他们都太年轻，只能管自己。祖母缠了小脚，什么都不能干，家

1951年父亲刚到贵州工作时的留影

里只有两亩地，出租给别人，一年只收一百多斤谷子，而这一百多斤谷子就是他和我祖母一年的口粮，偶尔亲友还会帮助一点，伯父和姑姑也会想法接济一点。但生活仍然很苦。可以说，由于当时社会的因素，父亲的青少年时代一直在颠簸流离，一直处在贫困的生活中。

通过学习，他对共产党有着强烈的认同感，在读书期间思想非常进步，当选为银行学校学生会主席还积极地申请入党，但由于家庭出身和他曾在国民党政府部门工作过，始终没有得到批准。但他并没有气馁，他认为，只要努力改造自己就会得到重用。中华人民共和国成立之初，非常缺少年轻的知识分子，那时候的中国文盲占了很大的比例，尤其是在国家的边远地区。所以，从学校一毕业，我的父亲就要求到祖国最艰苦的地方去，为祖国的建设和发展贡献自己的青春。本来我的母亲在重庆，他们已经结婚，我父亲完全可以留在重庆工作，但就是这满腔的热情，让他离开了重庆这座繁华的大城市，到偏远的贵州山区工作。

# 青春年华与边远山区

父亲和同批同学从重庆坐汽车到了贵州省贵阳市，他们有的被分配到省人民银行分行，有的被分配到各专区的银行；而父亲由于决定到祖国最需要的地方去，他与一些同批同学坐汽车到了毕节专区人民银行中心支行，再由中心支行分配到水城县人民银行支行。那个时候交通不方便，他们一行步行三天，翻山越岭，一路泥泞，最后走到了万山丛中的水城县城。

当时水城一带的农民确实非常苦，气候条件也很差，用当地流行的话来说就是："天无三日晴，地无三里平。"当地农民穿的是麻布与土布的衣服；住的大多是茅草顶土墙的房子，有的还住在茅草棚里；常年吃的是酸菜红豆汤，以及土豆、玉米等杂粮，大米都是稀罕之物；盖的是破旧土布棉絮，有的还是用秧被过冬（秧被是秧苗晒干

1951年父亲摄于贵州

后编成的蒲子），因为不保暖，全靠床前的地炉取暖。当地产煤，家家户户用煤作燃料，房子被煤烟熏得黑黑的，桌子板凳全是煤烟灰。交通闭塞，全县没有一条公路，出门主要是靠步行。

那里是“开门见山”，山连山，刀耕火种，靠天吃饭；种的是玉米、土豆、杂粮，很少看见水稻田，有田也是冷水田，亩产极低，农作物广种薄收，农民年收入微薄、生活贫困，与其他地区比是天壤之别。那里也是苗夷之地，是一个多民族的聚集区，急需大批知识青年大力开发。我们来得正好，我决心与同学、同事们，与当地人民群众一起改变这一穷二白的面貌。我把工作岗位看作革命理论联系工作实际的平台，学用结合，边学边干，认真、及时、全面完成自己的工作任务，不断提高政治与

1952年父亲摄于贵州

业务水平，为建设新中国尽心尽力，尽己所能，有一份热发一份光。

我当时被分到水城县人民银行支行任会计。1953年水城县财政经济委员会（简称县财委）成立，主任由县长兼任，没有干部，我被调入县财委做干部的日常工作。1955年水城铁矿建厂时，缺干部，我被调到该矿，后来改为水城铁厂，几年后属水城钢铁公司的分厂，我在铁矿、铁厂历任办事员、厂长办公室秘书、会计等职。

在县财委工作时，我经常为领导收集与提供全县工农畜经济部门、企业的有关资料，在一次汇总农村经济调查资料时，由于时间紧、任务重，忙得不可开交，算盘、手摇机械计算机满足不了工作的需要，我突然萌发了设计新的计算器的想法。

1953年父亲和母亲在贵州工作时的留影

经过三年多业余时间的努力，我终于设计出优于算盘与当时的机械计算机的新款计算器的工作原理，从草稿到出正式图纸，都是自己边干边学机械原理、机械制图学、晒图技术，自己配晒图药水，自制晒图设备，完成了计算器工作原理图。从工作原理图看，工作原理可行性是可靠的、成功的；但还得绘制成机械加工工艺图，按工艺图加工后经过试车，验收合格，才能投入使用，这才算变理想为现实。于是我在1956年，将计算器设计工作原理图寄给了北京中国科学院请求审查，并请给予支持，使我能专门从事该项研究。不久，中国科学院回信，信开头是一番鼓励的话，接着说科学院现在还没有计算器研究机构，建议我将图纸寄到计算器制造厂请求帮助。我接到此信后，心想辛辛苦苦设计出的东西，告

1956年父亲摄于贵州水城铁厂

诉厂家不等于白白地送给了人吗？厂家不可能与我合作。可是要绘制成工艺加工图，要达到机械工程师的专门技术水平，而利用业余时间学机械专业太不现实了，非得专门从事机械专业工作。可是水城铁矿不可能让我脱产搞发明，无奈之下，只能暂时搁着。第二年，即1957年国庆节前夕，我把计算器设计图纸用书信的方式寄给毛主席作为国庆献礼，希望他老人家能够让我专门从事计算器设计工作，可是没有得到回信，于是我只得忍痛放弃，全身心地投入本职工作。虽然当年计算器设计没有成功，但因此所学的知识与技能以及技术工作方法，在日后的改革开放中派上了用场。

1955年水城铁矿成立建矿时，把我从县财委调去建矿，当时铁矿刚成立也只有六名正式干部，其余管理人员均为管理工。全矿共1500多人，其中包括炼铁、采矿、采煤、机电、运输、厂部等部门与焦化车间。建厂之初有一座6.5立方米实验炉、三座土炼炉，人工拉风箱，6人一班，每班8小时，一日三班轮流拉。铁矿山是露天人工矿，井下人工开采，均三班轮流采，日产量均很低，主要是培养人才摸索管理经验。

1957年建了两座42立方米炼铁高炉，还建了炼钢车间、炼焦车间。原先的采矿、采煤、炼铁机电车间相继独立扩建成为铁矿、煤矿、电厂、铁厂，即水城铁矿扩建为水城铁厂。1959年水城铁厂已是水城钢铁公司第一炼铁厂。炼铁厂职工3000余人。

水城铁矿建矿初期，我由一般行政干部改行从事工业生产的计划统计工作，完全是门外汉，必须深入生产现场，如采铁、采煤、炼铁、炼焦、耐火材料生产，等等，以及产能品质、生产安全技术全过程，方能制订生产计划，进行统计分析，为领导指导生产及时提供资料。所以，除了上班时间深入生产、了解情况外，晚上得抓紧业余时间学习生产专业知识与计划、统计业务，忙得不可开交。但当我看到往日的荒山野岭逐渐变成日夜轰鸣、灯光辉煌的工业区，进进出出的车辆穿梭于马路上，发生了日新月异的变化，我心潮澎湃。作为山区开发者之一的我感到无比自豪，分享着成就感带来的快乐，情不自禁地哼唱起："咱们工人有力量，嘿！咱们工人有力量，每天每日工作忙，盖成了高楼大厦，修起了铁路煤矿，改造的世界变呀么变了样……"

1958年，随着水城铁厂的发展，专业技术、行政管理人才不断涌进，厂领导不断更替，呈现了一派欣欣向荣的景象，但我在厂里不再是"物以稀为贵"了。这里发展当然是好事，客观上对我自己有了更高的要求。

谁知人多口多意见多，在一次中层干部会上，由于工作角度不同，我无意中得罪了新来的厂长夫人。她是人事科科长，因此，我由计统科科长调任厂长办公室秘书，看似升迁，实则削权。从此，我天天为厂长打杂，业务知识不再有提高的机会。但我仍以干一行务一行的态度做好本职工作，主动与对方搞好团结，可是，这只是她"发威"的序幕。

不久，全国性的大炼钢、"大跃进"开始，全厂职工革命热情大涨，全身心地投入了火红的"大跃进"。我白天和行政干部一起去铁矿山装铁矿上汽车，铁矿石小的一块二三十斤，大的一块上百斤，得两个人装上车，连续几个小时的装车，累得筋疲力尽，可是晚上我还要和厂长一起参加省冶金会天天晚上召开的全省大炼钢的

1958年父亲摄于贵州

电话会议，我负责记录。会后当晚整理会议记录分发给全厂各部门车间，天天如此，身体渐渐拖垮了，种下了病根。而大炼钢、“大跃进”的捷报不断传来，日以继夜的灯光使小河边（地名）成了不夜城，机器轰鸣，车水马龙，喇叭里高声广播不断，使大家热血沸腾。

1959年，厂里开展“反右倾”社会主义教育运动，厂长夫人，也就是人事科科长叫她的下属给我爱人李玉华做工作，叫她与我划清界限，动员她与我离婚，并对她说：“你出身于工人的后代，又是组织培养的对象，前途远大，只可惜嫁给了一个旧军官、地主仔，离婚才有发展的希望。”李玉华婉言拒绝了来人的好意，她知道这是破坏他人家庭关系，她告诉我后，更加关心我。这时我已患上了胃病，我生于产大米的江西，来水城吃了十多年的玉米饭，肠胃吃坏了。或许由于基因关系，我两岁的儿子一见吃玉米就哭，不肯吃玉米饭。无奈之下，1960年春节回江西探亲时，我们把大儿子留在江西由他祖母、伯母、姑妈照看。

1960年春节探亲回厂后不久，人事科科长将我从厂长办公室秘书的职位上调到厂行政科当会计，其理由是我是学会计的，行政科没会计，我是最好的人选。这明摆着是给我穿小鞋，而且看我是否经得起与经济打交道的金钱诱惑。她哪知道我是受过“见利思义、廉洁奉公”教育的人。

祸不单行，李玉华于1958年由小河边供销社调到我所在的水城铁厂焦化车间任主管会计。她既然不听人“好言”相劝与我划清界限，1960年“反右”清理阶级队伍时，有人就说她有贪污，让她停职反省，写检讨、关禁闭、挨批斗，并被下放到高炉炉筛选铁矿石，我们夫妻双双受到了歧视与打击。

1960年是国家经济困难时期，每天的主食只是玉米，我的胃病越来越重。职工医院的医生说：你这病光靠吃药是不能好的，必须吃大米保养。医生给我开证明到行政部科长那里批条子到粮站买病号粮，每张条子限额三市斤，吃完了还得找医生开证明，前前后后长达半年之久，可不是长久之计。如果生活在江西的话，根本不存在这个问题。加上年近古稀的老母亲还要为我儿子操劳，期盼着一家人团聚，共享天伦之乐。各种因素凑在一起，我就生起了回乡的念头。那年头，一个普通干部想隔省调动谈何容易？在申请调动无望之下，我万般无奈，申请退职，计划着待到江西找到工作后再申请复职。就这样，1962年12月，我告别了为之奉献了青春年华的第二故乡——可爱的水城，回到了久别的故土——江西景德镇。

看到父亲写的这段回忆录，我感慨颇深。记得我母亲告诉我，她刚到他们工作的贵州毕节地区的水城县时，那里连公路都没有，坐火车到贵阳后，一路上她是坐轿子和骑马去的。我母亲看着那里满目的荒野，那崎岖的羊肠小道，整个人都傻眼了。但就这样，我的父亲还是满怀雄心壮志，认为越是这样的地方越是需要人才。的确也是这样，父亲说，他刚到贵州毕节地区水城县的时候，作为大城市来的年轻知识分子，在当地受到了非常热烈的欢迎，县长亲自来接他们一行5人。父亲被分到银行当会计，当时，父亲很受重用，第二年就调他到县财委工作，直接由县长领导，官职并不大，但职位却很重要。后来，当地开办贵州水城铁矿，矿长要求县委支援人才，并点名要父亲到他们那里做行政工作，后来父亲被调到那里，被提拔为计划股的股长。但不久“反右”就开始了，那位矿长因娶了一位出生于地主家庭的女性为老婆被打成了“右派”。

1958年以后，我父亲的命运也开始随之改变，一方面是失去了老领导的爱护；另一方面，此时共产党培养的新一代知识分子也开始成长起来了，像我父亲这种家庭背景以及有个人历史问题的，开始成为被防范和被限制任用的对象。但他本人并不知道，只是发现自己同辈中工作能力及工作积极性远不如自己的人都得到了提升，而自己还在原地踏步。他开始感到，就因为我的祖父，还因为他自己在国民党部队工作过，他的人生就注定成为政治前途无望的人生。但父亲是一位具有积极人生态度的人，他没有因此而颓废。他记得小时候他的父亲、我的祖父总是告诉他，长大了要成为国家的栋梁，要做有利于人民的事情。在那样时代的人们最大的经验教训就是：中国落后的一切原因都是缘于我们的科学落后，因此要救中国首先就要学习科学，从事科学研究。父亲深受这样的影响，他觉得自己的政治追求无望，但还可以钻研技术，学习科学。

这个时候，我父亲不仅被限制使用，而且暗地还被监督。母亲告诉我，在那个时候，要整倒某一个人，总是从夫妇俩成分比较好的那个人开始。于是，我母亲就成了被团结并用于瓦解我父亲心理防线的对象。领导开始找我的母亲谈话，劝她和我父亲离婚，但我母亲不同意。不久，厂领导就开始查她的经济问题，硬说她的账目不对，有贪污的嫌疑。我的父亲知道，这一切都是冲着他来的，只要把我母亲整倒了，就可以说是他在背后指使和阴谋破坏，所以只有他离开，或许还能救我母亲。于是，由于此种原因，也由于身体的原因，我的父亲开始考虑辞职离开这里。在那样的年代辞去公职那要多大的勇气，那意味着要把自己的铁饭碗变成泥饭碗，那时人生道路的选择太少了，一切都要和国家的单位挂钩，很少有自己选择职业的自由。但即便是这样，我父亲还是坚决地离开了自己曾经寄托了全部青春和热血的地方。

父亲曾经在那里经历了“大跃进”和大炼钢铁的年代，最开始时，我的父亲满怀着年轻人的热情拥抱着这个时代，他一个学统计学的人，竟然在工作八小时之外，每天加班四小时，用了三年多的业余时间研究发明机械计算器。他是多么希望为新中国多作贡献，后来他才发现，自己在别人眼中并不属于这个时代，尽管他还年轻，但他的时代、他的命运却永远地被掩埋在另一个旧的时代里了。无论他如何积极地工作，如何无私地奉献，人们永远要将他和那已经过去的时代联系在一起。他永远也洗刷不了他的父亲曾是国民党军需官、他自己也曾在国民党政府工作过这样的历史事实，这在当时就使一个人永远地被钉在了历史的耻辱架上。他不敢承认这一事实，即使到今天，我如此直白地把这一历史写出来，我的父亲也仍然害怕，不敢正视。但当年的他不得不面对这一事实，他知道自己从此只能夹着尾巴做人，苟且地生活。大好的前途、可靠的“铁饭碗”工作，对他来讲已经成为奢望，他唯一的愿望就是能平安地生存下来。当然，作为年轻人，他心中仍然抱有希望，他希望找到一个更能赏识他的地方，更能赏识他的单位领导。

# 回归故乡

1962年，父亲毅然地辞去了自己的工作和职务。按照当时的政策，他是国家正式干部，不能轻易辞职，他当时辞职的理由是身体不能适应贵州的生活条件。的确，那是在1962年，国家三年经济困难时期，贵州的水城县只供应玉米，我的父亲吃得脚都浮肿了，胃也不行了，所以他当时的辞职是多种因素的。按政策，干部辞职后，换一个地方是可以复职的。但实际上是不可能的。但我父亲始终抱着如此的希望，回到了江西景德镇老家，在这里有他自少年时代就分别了的母亲、姐姐和哥哥。那时他的姐夫也就是我的姑父，是一位抗战时期的老革命，在当地还有一定的权威，但因为没有多少文化，也不懂得人际交往，所以，并不像我父亲最早期待的那样对他有所帮助。最后通过我的一位堂叔，在景德镇郊区的一个市手工业局办的集体瓷厂找到了工作。在那个时候的中国，集体企业和国营企业可以说是相差甚远。不仅工资低，工作也没有保障。但为了生存，父亲就在那里暂时待了下来。此后，父亲边工作边跑他的复职手续，但始终没有跑下来，一直到他退休都还是以工代干，而且属于集体单位，只能拿到最低生活保障的退休工资，基本没有医疗保险。

父亲当时工作的地方是江西景德镇郊区的黄坛瓷厂，属于市手工业局管辖下的一个集体单位。由于没有复职，我父亲只能是以工代干，即做的是干部管理工作，享受的是工人待遇。在这里工作，因为工资不高，地位也不高，没有人妒忌。父亲工作非常努力，对人也很谦和。而且在那样的地方，他就是一个很有学问的人，所以尽管他没有职务，也不是什么老师，但每个人都尊称他为“方老师”。那是一个山清水秀的地方，工作不忙，倒也清闲。

父亲对这段历史有自己的记录：

希望到江西后能复职，万一复不了职当工人，尽管待遇低，仍要以受过党多年教育的革命干部标准自律。为社会建设尽心尽力，做好所做的工作，以垂范子孙后代，希望他们成为全心全意为人民服务的社会主义建设优秀人才，努力拼搏，振兴中华。

1962年12月，我回到江西景德镇母亲身边，这时母亲住在景德镇市枫树山垦殖场姐姐家，姐姐方洁是垦殖

父亲和三叔公家的堂兄妹的合影

场职工医院的医生，姐夫孙成是垦殖场的党委书记，大嫂冯定玉是该场的临时工人，大哥方乐达是市粮食局太平巷粮管，姐姐有三个孩子，大哥有一个孩子，我有两个孩子，一家十二口共享天伦之乐，只是忙坏了大嫂、大姐，下班后还要操劳家务。

当时在景德镇的大家庭有八十六岁的老祖母，二叔、三叔两家，二叔是三女一子，三叔也是五子四女，亲戚还有大姑、二姑两家，均在景德镇，每逢时节，热闹非凡。平时也互相往来，有什么困难互相帮助、互相照顾。每一个人都深深感受到骨肉亲情的温暖，赤诚难能可贵，

1963年家族合影

这是我家“存心堂”的子孙们继承仁爱之心的家风的具体表现。

我回景德镇后，首先是通过姐夫的帮忙上了户口，正准备找工作时，三叔的三儿方新弟听说我回镇，特地来探望我和老母，在交谈中他得知我正在为找工作犯愁，他告诉我他现在是市二轻局派到黄坛筹建陶瓷合作工厂的干部，瓷厂刚投产不久，行政上正需要行政管理人员，他问我愿不愿意去郊区他那里工作，我想兄弟俩能一起工作是十分难得的机会。他年轻，只有21岁，正在成长期，作为兄长的我有义务帮助他早日成熟，为我

1965年我和两位弟弟与姑姑的三个女儿的合影

们的“存心堂”争光添彩，使他早日成为一名红彤彤、响当当的革命干部，不像我这样在旧社会工作过两年的人，被人背地里另眼相看，于是我当即答应去黄坛瓷厂，也免得给姐姐、大哥添麻烦。于是我到了距市区30多公里的黄坛瓷厂，新弟是该厂秘书兼厂团支部书记，并管行政这一摊子。他介绍我见到了厂党支部书记曹满生，他三十七八岁，都昌人，工人出身，他很热情地接待了我。他得知我是退职回乡干部，于是叫我搞本行计划统计工作，月薪参照该工厂厂长工资，定为48元付给，比我的原工资少了五元。他问我如何，我想在人屋檐下，没啥好说的，答应了下来，就这样在黄坛瓷厂当了名以工代

1962年方家第六代弟兄三人全家福

干的临时工。在我内心深处，我仍是一名受过党的教育的革命干部，而不是一日不工一日不食的谋生者，更不是每小时按劳动的计时工。让历史证明，我是一个不计报酬的未能复职的退职干部，全心全意为人民服务的社会主义建设者。“天下兴亡，匹夫有责。”我要以天下为己任，为振兴中华而努力。

在黄坛瓷厂期间，我们兄弟俩经常在一起学习《毛泽东选集》；以雷锋同志为榜样，做革命的螺丝钉，钉到哪里哪里亮；天天向上，互相鼓励，每天共同检讨总结工作与学习经验教训，确保各自每天工作任务的完成。方新弟做到了以身作则，大公无私，与生产工人同吃同住同劳动，与工人打成一片。方新弟很勤奋，边工作边学习，进步很快，他年年被评为先进工作者、优秀共青团员，得厂、局领导与同志们的好评，我也得到了“年度先进工作者”奖状。

在黄坛瓷厂工作期间，我边工作边跑复职的事。从黄坛乡下回家交通不便，两三个月才回一次家，看望老母与孩子，同时抓紧回家的时间到景德镇市委组织部办申请复职的事。起初，经办人刘同志要我提供原单位同意复职的证明信，我即函请水城铁厂出证明，经过一段时间好不容易得到水城铁厂同意复职的证明信，立即到市委组织部交给经办人刘同志，他收到信后叫我等候领导研究，经过多次联系，总是以领导忙为由，叫我耐心等候。直至我到五金厂上班，1966年“文化大革命”开始。我以为和以往的政治运动一样几个月罢了，谁知这次竟达十年之久，时过境迁，不了了之，所以我一辈子希望复职，但终成泡影。

黄坛瓷厂建厂三年后，因周围的窑柴被砍光，而被迫停产关闭。由于黄坛瓷厂对我三年来工作表现表示满意，将我这个临时工与正式职工一样报请主管单位市二局带薪安排到市五金厂工作，以工代干。

父亲的这段文字记录了他离开母亲带着我们回到江西以后的生活经历，尽管那个时候他已经由一个国家干部下降为一个以工代干的行政工作人员，但他的心态很好，每天照样努力工作，甚至还被评为先进工作者。

# 两地分居与子女教育

父亲回了老家，我的母亲却一人带着半岁的小弟弟留在了贵州，承受着被冤枉的痛苦，那时候我和大弟弟都回到江西和祖母、姑姑生活在一起。父亲离开后，母亲又上班又带孩子，身体终于垮了。母亲只好把小弟弟送回江西，由我父亲抚养，于是父亲又当爸又当妈，而我则回到贵州去陪母亲。那时我才9岁，根本不懂父母两地分离的痛苦，只是每次看到母亲回贵州时，父母的双眼都充满着泪水。

不久，“四清”运动开始，我母亲的冤情得到了洗刷。母亲是一个坚强的人，当她被污蔑为贪污分子时，她宁死不承认，挨过无数的批斗甚至打骂，她都挺过来了。而且她是一个爱美的人，无论什么时候出现在众人面前，她都要把自己打扮得整整齐齐、漂漂亮亮。但当她的冤情被洗刷之后，她反倒支持不住了，不久精神失常，什么都记不起来，连家都不会回了。

父亲带着年仅两岁多的小弟弟，根本无法照顾母亲，所以只好由舅舅将她接到了重庆外婆家中，在那里治疗她的病痛，而且重庆是大城市，医疗条件比景德镇好。我也只好离开母亲，到景德镇来和父亲一起生活。

父亲在黄坛瓷厂工作三年以后，生活发生了变化，瓷厂烧的是柴窑，仅仅三年时间周围的窑柴就被砍光了。所以在景德镇有一句古话，叫“一里窑，十里焦”。没有了柴源，瓷厂就无法生存下去了。厂子解散后，有些人下放到农村，有些人回城另外找工作。父亲虽然是以工代干的编制，但由于他工作努力，又有才干，所以手工业管理局就把他安排在市里的五金厂工作。这样我们一家回到了市区，我和两个弟弟还有父亲四人生活在一起。那时我10岁，大弟弟9岁，小弟弟4岁。父亲又当爸、又当妈，不仅要工作，还要做饭洗衣服，甚至补衣服和缝衣服，我弟弟从小一直到8岁以前的衣服都是由父亲自己手工缝制的。

好在我还比较懂事，帮助父亲承担了许多的家事。父亲一人的工资要养我们姐弟三人，还要想办法省点下来寄给母亲。父亲是一个工作极其尽力的人，无论家务多么的繁忙，他绝不耽误工作，还常常加班。所以家务活慢慢地由我来接管。11岁以后，全家的家务就开始由我全权接管，包括全家吃用的生活费也由我来掌管。记得当时父亲每个月只给我18

元人民币的生活费，除了买米的钱，我们每天只有两三毛菜钱。当时的白菜是1毛钱7斤，我有时都舍不得买，常常带着弟弟去郊区找野菜、拔竹笋，想办法省点钱来买荤菜。尽管日子如此的艰辛，但我从小受的教育还是要学科学，长大了要当对社会有价值的人。父亲一生讲究人要活得有意义，不要虚度光阴。因此，只要有时间就抓我们的学习。

这时“文革”已经开始了，学校停课闹革命，孩子们太高兴了，天天开批斗会，不用上学。但父亲不相信一个国家可以不要知识，不要文化。所以，他要我们坚持学习，学校不教数理化了，他让我们自学，他让我每天做十道数学题，当时我真不理解，为什么要做这些没有一点儿意思的数学？我很羡慕其他人家的孩子，他们的父母从不叫他们珍惜时间，从来都是让他们自由地发展。而我从小让父母逼着做数学题，写日记，看书。父亲告诉我，让自己变得更有能力和更聪明的唯一办法就是学习。他说，孩子一定要有野心，这个野心就是长大了要成为博士、科学家、工程师。那时的父亲，经历了“三反”“五反”“反右”和“文革”，他看到了做文字工作的危险，所以他从来不说让我们长大了当文学家、政治家。他总觉得科学是最可靠的，是最讲究事实的，他一辈子都不虚华，在我们看来他是一个过于实在、缺少浪漫的人。但是现在想起来，在他那样的年代生活下来的人是很难有任何浪漫情怀的。

# “文革”的苦难

“文革”对于父亲来说，是人生更低谷的一段日子，在这段日子里他变成了“三查对象”。好在父亲已经有了许多的心理准备，他知道自己的人生只能如此。而且由于他工作努力，平时从不乱说话，谁有困难，只要他有能力都会尽量地帮。他有文化，经常帮人写家书，看药方，回答许多疑难问题。以前，为了设计计算器学的机械制图，在五金厂发挥了作用，他成了厂里重要的技术人员。群众喜欢他，领导重视他，因此，即便是“文革”让他挂牌子、挨批斗，下面的人都告诉他：方老师，让你受委屈了，也就走个过场。所以，“文革”期间他在精神上受的摧残并不算深，但在肉体上和经济上还是受了不少折磨和损失。比如，他不再有机会待在办公室，而是下放劳动，拉大板车当搬运工，还要挖防空洞等。

这时母亲的精神错乱已经恢复了正常，但身体却一直好不起来，所以请了长期病假到江西来和我们一起生活。这一段生活虽然贫困，却是我们一家人难得团聚的一段日子。但是家贫百事哀，父亲的压力一方面是来自单位工作的不顺，他一辈子干的都是与文字、与技术打交道的活，这下要他每天做一些无谓的体力活，他觉得这是在浪费他的时间和才能。另一方面是来自家里，子女小，妻子病重，还有老母亲和我姑姑一直生活在一起，我父亲是有名的孝子，但却无力孝顺老母。

还有我的伯父，那是给我印象极其深刻的亲人。他比父亲大11岁，也就多了一些在旧社会浸染的岁月，他曾是国民党的一位少校军需官，1949年以后在粮管所当保管员。由于他平时为人厚道，并没有人在意他。但“文革”时，由于极“左”思潮的泛滥，有人认为像我大伯这样有严重历史问题的人，不应该再留在城市，应该下放农村改造思想。最后他被下放到农村劳动。每次进城来，他都会到我们家坐一下、吃一顿饭，每次都给我们三姐弟一人一毛钱。当时的一毛钱，对于我们来讲可以吃两个包子，或两根冰棍，或租十本连环画图书。我小时候是一个书迷，我常常用这一毛钱去租十本书看。我们姐弟常常盼望大伯来看我们，最吸引我们的就是那一毛钱。后来大伯来得越来越少，即使来了也是静静地坐在那里，并没有话可说。

有一天，听来人报信说，我伯父自杀了。父亲赶了去，伯父已经去世好几天，由于是独居，没被及时发现，发现时尸体已发绿，房间里充满了瘴气。父亲说，他走这一步是因为生活没有了来源，周围的人又把他看成另类，甚至是敌人，所以失去了生活的信心。

我们这才知道，大伯下放到农村后，没有工资，一个月只有几块钱的生活费，而他还要从这么少的生活费里拿出几毛钱给我们姐弟，我真的一想到这事就心酸。真后悔自己当时太不懂事，太不了解大伯心里的痛苦。如果我们周围的亲人能多给他一点温暖，也许他就不会走那条路了。我想父亲也是这样认为的，但在那苦难的年代，每个人都自顾不暇，哪还能关心到别人。

父亲本是一个温和的人，但在那段时间，他的脾气也开始变得暴躁。大弟弟从小跟着祖母，不像我和小弟弟那么习惯读书和学习，父亲总是对他恨铁不成钢，常常为他不努力读书而发脾气。因为在父亲的眼里，我们已经沦落到了社会的最底层，如果再不读书，以后就是愚民。在他的眼里，人生最重要的就是读书和学习，他总是说，万贯家产都有可能挥霍一尽，唯有知识保存在你的大脑里，谁也拿不走，只有知识才是人生最宝贵的财富。所以即使在下放劳动期间，他也不间断学习，他的这种精神一直感染着我，直至今天，如果我无所事事了一天，就感觉浪费了生命。他总是说生命是如此的宝贵，所以每一天我们都不能浪费。当时他的行为，并非所有人都能理解，反而觉得他过于书生气，把我们都教成了书呆子。

在那样的时代，书呆子是受人耻笑的。记得父亲告诉过我一个故事，我的一位表叔小的时候极有才华和天资，读书时学习成绩很好，老辈的人都认为其今后能成大材。但他一生命运不济，由于家庭成分不好，没能有机会上大学，后来在一个粮食局当保管员。本来只要安分生活也无事，但他偏偏有才情，爱写诗。父亲说，这些诗在今天看来什么事也没有，但在当年却是小资产阶级情调，竟然被打成了“右派”。老婆和他离了婚，他也没有了工资，还要抚养一个儿子。后来“文革”结束，“右派”们都被平反恢复了工作，按道理他也盼来了人生的春天，谁知道由于他地位太卑微，犯的错误太微不足道，竟然在正式的“右派”里没有他的名字，没有名字也就没有平反，也就无法恢复工作，所以他再也没有了工作。因此，读书写诗给他带来的不是获得知识的幸福，而是被打成“右派”的根源。有人说，当代的中国人不爱读书，也是因为读书曾给不少人带来过麻烦，甚至带来过牢狱之灾。这也就是为什么父亲虽然让我多读书，但只限于科学书，而害怕我热爱文学，看小说。但我却偏偏热爱文学和艺术，这些都是父亲不愿看到的，后面我还会谈到这个问题。

父亲对“文革”期间的遭遇和对“文革”的看法，也有一些记录：

1966年4月，我离开黄坛瓷厂到市五金厂报到，由万书记分配，我在五金厂当采购员，兼管伙食团会计，食宿在厂里，儿子送厂对面的托儿所照管。1967年玉华病情好转后回家治疗，万书记安排我们一家住在龙船弄生产车间的楼上过日子。

这时，“文化大革命”开展得轰轰烈烈，1968年开展了查叛徒、查特务、查没有改造好的“地坏右分子”的运动。由于我在旧社会工作过两年，也就自然成为了“三查对象”，并让我离开行政工作到车间下放劳动。我开始跟着抛光师傅学抛光，后来五金厂又派我到街道办的喷漆厂学喷漆，学了三个月回厂当喷漆师傅，带着工人余三妹、仇菊香，在斗富弄口的一所老屋房间内用漆喷“海壳”（即抽屉拉手）。由于没有通风设备，满房间漆雾蒙蒙、一片昏暗。喷绿漆，咽喉里吐出的痰就是绿色；喷蓝漆，咽喉里吐出的痰就是蓝色。而且咽喉火烧似的难受，只得喝冷水来冰一下好受些，日子久了，患上了职业病，医生劝我早换工作，否则没法医治。如此喷了半年多漆，

1967年“文革”期间我们姐弟三人与父亲的合影

后因海壳产品销售不好而停产。

这时，我被派去当搬运工，拉大板车，运送货物。当了三年的搬运工后，厂里为了响应“深挖洞，广积粮，备战备荒为人民”的号召，派我到河西工厂附近的一座小山脚下挖防空洞。开始是我一人挖，后来厂里派来工人余三妹和我一起挖。当时正是江南雨季，几乎天天下大雨，挖防空洞的上下四周没有任何防护支架支撑，洞高1.8米、宽1.5米，我们已经挖了10多米深。有一天，雨特别大，为了躲雨，我俩没有去挖，就在那一天，防空洞突然垮塌，我俩还不知道。第二天去挖洞时，洞的山体面目全非，幸好因为躲雨我们没去挖，躲过一劫。真是老天保佑，否则，也就被活埋了，哪有今天的回忆录，万幸万幸！后来，不挖洞了，仍叫我当搬运工。

五金厂在20世纪70年以前叫市小五金手工业生产合作社，职工68人，两个门市部，一个社本部，产品有瓷壶上的壶环、铁瓢、民用剪、海壳（抽屉拉手）、铜锅、铜壶，门市部修锁，修铜锅、铜壶，兼销本社产品。

“文化大革命”期间全社三查对象有七人，他们要受革命群众的监督。生产劳动接受审查，上班前要早敬（早敬就是每天早上要在领袖的画像前，挥动着语录喊口号）。下班后要晚敬（同早敬内容一样），晚上还要集中学习，学习结束后，各自回家。三查对象有时候要接受革命群众的批斗。在批斗大会之前几天就做好了准备，写好了大字报、标语、横幅、揭发的发言稿等，批斗对象一个个低着头鱼贯而入，站在批斗大会的台上接受批斗，只许沉默，不准解释，更不准辩驳。边批斗，边喊口号。批斗结束叫三查对象列队离开会场，离开后主持人讲话，然后散会。

三查对象华小云（化名），因有人揭发她在厨房监督劳动期间与厨师“私通”，她再三否认，可揭发者说得有板有眼。她是有夫之妇，丈夫在1949年以前是报

20世纪70年代父亲在景德镇五金厂工作时的留影

务员，是市印机厂的工人，这时也是三查对象。内外交困，精神压力太大，她经不起批斗会的羞辱，在我厂三查对象集中反省与学习的小房间里，趁着无人时自缢身亡，时年39岁。留下一儿一女，大的17岁，小的14岁，自己死了倒也自在，可得想想孩子怎么办，年老父母怎么办？事实上任何事情都会成为过去，熬过当时，也就熬过去了。三查结束后，三查对象全都解放了，如果不自缢的话不是没事了吗？真是令人惋惜。

1969年，三查运动结束，三查期间经厂三查小组派专人到当地调查核实，证明我以前所填的履历表，即向组织所交代的历史都是事实，因此“解放”了，不再是“三查对象”，由原来的临时合同工转为正式固定工，仍以工代干，分到生产科（当时叫生产组），从事生产管理。

曾在水城铁厂学过的炼铁，搞过的生产计划统计、计算设计等，奠定了我所从事的生产技术的基础知识。

看了父亲的这段回忆录，我很理解他当时的心情，他说的三查对象华小云，我见过，就住在我们楼里，她长得瘦瘦的、高高的，很漂亮。父亲在说她的同时，也是在说自己，他当时也很痛苦，曾在我的堂叔面前表露过活着没意思，我的堂叔很担心，让我多关心父亲，以免他想不开。好在这一切都过去了，但愿在中国的大地上，再也不会有这样的事情发生。

# 新生活的开始

1976年，“文革”结束了，这时单位要抓生产，要促进经济建设，开始觉得知识分子重要。为此，父亲也受到了单位的重视。由于他爱钻研技术，又爱搞发明创造，经常被单位派到各地去学习开会和介绍经验。开始是让他参与本行业地方上的标准化制定，后来发现他的水平很高，又派他参加华东地区的本行业产品标准化制定，业界的年会他都参加。那是他一生中唯一风光的时候，坐飞机到全国各地去开会、交流经验，还到党校去学习了一段时间。加入共产党一直是他的心愿，一直到现在他也不是共产党员，但当时能把他送到党校去学习，他着实感到很高兴，起码共产党不再把他当党外人了。

他为自己能平安地度过一生而感到庆幸，他没有被打成“右派”，也没有挨打和被斗得死去活来。他的经验就是努力工作，谨慎做人，永远不说过激的话。他认为写文章是最害

1982年父亲在景德镇党校学习时的留影

人的，许多的知识分子都是因为写文章成了“右派”。而且他认为，空谈误国，还是搞科学最实在，最有益于社会，有益于人类。所以在恢复高考制度以后，他希望我们姐弟都能考理科，最不能考的就是中文系，还有社会学系。由于父母从小的培养，我和小弟弟从小学习成绩就很好。小时候父亲教数学很有一套，我每天要做十道题，所以我的数理化基础很好。我读高中的时候，正是国家政策提倡学习的时候，那时流行的一句话叫“学好数理化，走遍天下都不怕”。当时我的数理化在班上很突出，但在我的骨子里还是喜欢文科，喜欢艺术，在班上也是文科的尖子，作文总是被选为范文在班上由老师点评；我的美术成绩也非常好，在班上的外号是“小画家”。所以，高考时我不想听父亲的话考理工科，最后在文科和美术之间选择，父亲让我选择了美术，因为在他看来美术不如科学那么实在，但也是个技术活，比那些中文、历史、哲学、社会学，要具体得多，要比较不容易被打成“右派”或“反革命”一些，这也是父亲那代人心有余悸的想法。

在后来的岁月里，我们姐弟都长大了，我读大学，母亲的身体也好多了。家里负担轻了许多，父亲的工作也特别积极，天不亮就到单位加班。他一生的经验就是，努力工作，乐于助人。说到他的乐于助人，我想起一个笑话。我父亲的同事，也是我们的邻居，有一个儿子腿有残疾，在当地找媳妇有点困难。有一天，他在报纸上看到一则征婚启事，是一位上海的中学老师，曾被打成“右派”，都40岁了还没有找对象，所以在报纸上征婚。邻居的孩子想这个人的年龄有点大，但人家是正常人，还是上海的一位中学老师。就动了想应征的念头 ，但又一想对方是中学老师，自己写的信应该有点文采，于是来找父亲帮忙，父亲竟然答应了。于是一来二去，父亲帮人写起了情书。父亲写得一手好字，对方自然很满意，觉得那人虽然有点残疾，但还挺有才，就提出来见个面。邻居的孩子很高兴，于是两人相互寄照片，一收到照片两个人都惊呆了，通了小半年信，两人竟然都是男性，父亲的才华也白用了。当时在报纸上征婚是件新鲜的事，征婚人也没有经验，竟然忘了写性别，应征的人也很粗心，竟然忘记了问性别，也就只有那信息不通的时代才会出这样的笑话。在那样的时代，不仅信息不通，还特别忌讳男女之事，不称对方是男朋友或女朋友，都称找对象，而对象是不分性别的，所以才产生了这样的误会。也可见父亲真是好人，随时都在助人为乐。

很庆幸父亲的每一段生活他自己都写有回忆录，通过他的回忆录我们看到，1970年以后，也就是“文革”后期，国家已经停止运动，开始进入了正常的社会运行。在这样的背景中，父亲所在的五金厂也开始进行正常的生产，并得到了进一步的发展，在这样的过程中需要人才。父亲学过机械制图，而且非常钻研，所以受到了重用。

1970年五金厂恢复正式生产后，我又回到了行政岗位，为五金厂的生产发展服务，并担任了工程师，为当时的产品做设计。厂里的生产之所以需要我，是因为1970年以后，五金厂民用剪由传统手工生产转化为机械化生产，由凭经验生产到按图纸生产，按企业标准检验，提高了民用剪的标准化水平，确保了产品质量、产量、效益。在这样的过程中，需要有专人画图纸，制定企业检

1984年父亲在五金厂工作时的留影

验标准，于是我被委任做这项工作。

通过我和同事们的努力，五金厂在原有的民用剪、冷水咀生产管理基础上，发展出了折叠剪（旅行折剪），很快受到了市场的欢迎，由1980年年产50万把增至1990年的700万把，畅销32个国家和地区。1984年至1990年一直保持“省优质产品”称号，1988年获全国轻工业出口创汇先进企业铜牌奖，20世纪80年代被同行业评为剪刀组厂长，1986年获省企业标准化工作先进单位，并发给企业标准化合格证书。

我也由此得到了嘉奖和职务的提升，从1980年以后历任五金厂生产技术科员、科长，全面质量管理办公室主任设计师、工程师。在这期间我也得到了许多学习和参会的机会。从1980年至1989年，虽然我已年过五十，

1986年父亲在画图纸

但仍然在努力地边工作边学习，由此在行业内获得了几十项荣誉与嘉奖，并担任许多社会兼职。

这些成绩与荣誉，是在党与各级领导机关与领导同志和本厂党政领导的正确领导下，全厂职工同心同德共同奋斗所取得。至于我个人，只是做了一个革命干部应做的工作。饮水思源，是党把我培养成具有革命理想与革命工作能力的人，虽然我未能复职，只是以工代干，但我思想上一直没有退职，和原来一样认真对待工作，虽然以工代干工资福利待遇较低，但一个真正的革命干部是不会斤斤计较的，比之无数无名革命先烈为了解放

1988年父亲在质量检查工作会议上发言

事业牺牲了性命，自己的得失算不了什么。

回顾童年，饱受抗日战争之苦，父亲又英年早逝，九岁的孤儿寡母吃糠度日，八年抗战，三年内战，以至未能受到系统教育，只好走自学之路，战争年代好不容易谋到一个书记员（即抄写员）的饭碗，工作了两年。19岁新中国成立，过去的工作经历变成了历史包袱，得不到重用与培养，后被“文革”三查运动查清了历史事实，得到党的信任与培养。此时怎奈年已五十，来日有限。尽管如此，我今生仍为能投身祖国社会主义革命与建设、实现中国的强国梦、为振兴中华竭尽绵薄之力而感到无

1987年父亲在全国旅行剪刀专业标准审定会上的留影

1986年父亲在全国《水咀分类、型号命名方法》国家标准讨论会上的留影

1988年父亲在《卫生间附属配件》国家标准工作会议上的留影

1989年父亲在五金厂表彰会上发言

1989年父亲在厂领导干部工作讨论会议上的留影

比幸福与骄傲！

1980年到1990年是父亲一生的黄金时节，通过不断的学习和工作，他取得了许多的成绩、得到了不少的奖励。只是时间太短，1980年时，他已经50岁，由于工作出色，他延迟了两年退休，也就是1992年，62岁那年退的休。我记得那个时候父亲干劲十足，每天早出晚归工作，还经常到处出差开会。父亲的一生非常坎坷，从来没有机会按照自己的想法发展或规划自己的人生，许多想法多次夭折，命运多次改变，但他都能随遇而安，都能想办法在平凡的岗位上尽最大的努力，不仅将工作和学习做到最好，而且还从来没有怨言。

父亲从未入过党，但他从来都将自己看成一位革命干

1990年父亲退休前夕的留影

部，他的思想比一般的共产党员还要“共产党员”。当然，他这样的行为主要还是表现在不计较个人得失，任何时候都以国家利益为重，讲究人生价值，讲究天下兴亡匹夫有责。其实在我看来，在他的潜意识中，还是中国士大夫、乡绅的传统价值观体现得更浓厚。

# 退休后的暮年生活



再好的宴席也有聚散。父亲近50岁才开始施展了一下自己的才华，但岁月如梭，转眼就到了60岁。由于他工作努力，单位一直舍不得让他退休，一直干到62岁才退休。父亲刚拿了一年的退休工资，工厂就倒闭了。由于他所在的是集体单位，又是以工代干的编制，所以工厂倒闭后，他一个月只能领一百元人民币的生活费，医药费还没法报销。父亲晚年有点不平衡，认为自己为国家努力工作了一辈子，却不能享受国家的退休待遇。当时我和弟弟们都已工作，家里已没有什么负担。

退休后的父亲又有了一个新的工作，那就是照顾我母亲。母亲在1961年被人冤枉成贪污犯，她不停地申诉，一直到1965年问题才总算搞清楚了，但长期的幽愤、苦恼让她一病不起。后来到江西长期在家养病，通过努力，稍好转一点，她又回贵州水城钢铁厂上班了。父亲退休后就一直陪着她，开始是钢铁厂为了奖赏她工作努力，让她到昆明疗养院疗养。因为母亲身体一直不太好，父亲就陪她一起前往。入疗养院时需做体检，体检后医生告诉她，她的身体已不适合疗养，需要到医院住院治疗。于是，父亲陪着母亲从昆明到了四川成都的华西医院。到医院一检查，父母都很紧张，母亲检查出有脑垂体功能低下、胰腺癌、胆囊炎、胆结石、萎缩性胃炎、萎缩性鼻炎、髌骨炎、骨质疏松、风湿性关节炎、静脉曲张、贫血等。医生说，胰腺癌、胆结石、髌骨炎、萎缩性鼻炎都需要开刀。父亲考虑到母亲身体太虚弱，承受不了这些手术。住院期间听说附近的青城山有一个气功学校，可以通过学习气功治病。于是父母又到四川的都江堰青城山学习气功，但气功治疗毕竟只是保养。后来打听到母亲以前厂里的一位老中医雷承焕退休回到了四川重庆的达县，他们又到达县拜访雷医生夫妇。雷医生夫妇很热情，让父母住在他们的私人诊所，为母亲治病。在那里吃住看病他们均不肯收钱，父母过意不去，在那里待了一个星期，就到重庆住在舅舅家，并和雷医生约好，吃了他的药以后告诉他病情，他再根据病情，继续开药。我母亲则到青城山的重庆分校继续学气功，然后吃雷医生的药。半年多后，父母回到景德镇，继续吃药和练气功，最后胰腺癌、胆结石复查时竟然都治好了。所以，母亲在景德镇很有名气，有不少人要跟她学气功。但她的病太多，骨质疏松、髌骨炎、关节炎等病还一直困扰着她。

# 儿孙的教育



1985年，我的儿子朱阳出生了，本来母亲身体不好，父亲要照顾母亲，我们不应再给他们增加负担。但我有机会去北京读书，孩子没有人照顾，父母商量后决定支持我去北京读书，孩子由他们负责。开始我以为只是去北京中央工艺美术学院进修一年，谁知道后来我又萌生了继续读硕士、博士、博士后的念头，这一读就是十年。除读博士后时我把父母和孩子接到北京外，其余时间都是由他们帮我带孩子。不久，弟弟也把他的女儿送到了父母家，两位老人很辛苦。当然，我们姐弟俩都在遥远的他乡，有外孙子和孙女在身边，他们也很高兴。所以父亲在单位退休了，又在家里上岗了。

两个老人分工，每天做饭，帮助孩子们学习，每天早上还带他们锻炼身体。因为母亲身体不好，所以父母一直都把锻炼身体放在第一位。因为事实告诉他们，医院不能包治一切，锻炼比治疗更重要。所以他们觉得照顾孩子们首先要关心他们的身体健康，每天除注意营养外，早上还带他们跑步、爬山。后来孩子大了，学习又成了头等大事，父亲开始成为兼职的家庭教师。

1994年，大儿子方卓把他女儿小雁送到景德镇来读书，她在水城是读六年级（六年制），转学到此读毕业班。由于贵州水城教学质量太差，她根本做不来自己的作业，我只好每晚手把手地教她做作业，耐心地教导讲述书中的道理，我就在她旁边看着她做作业，不对的马上给她指出来，告诉她错在哪里。错了要她重新做，当天作业当天做完，不准欠账，慢慢地由她自己独立做作业。她和阳阳每天做完作业后，我当场检查做错了的作业，要他们俩第二天上学之前重新做过，所以他俩的作业都得了高分。渐渐地，小雁完全可以自己做作业，开始对学习感兴趣了，成绩渐渐地上升。1995年，小雁在第八小学毕业，升入第十二中学。十二中是“差生中学”，大多数是成绩差的学生，小雁升入十二中的第二个学期进步较快，学习成绩日新月异，她的班主任张老师感到很奇怪，问她是不是请了家教，她说：“没有，是我爷爷教我的。”老师这才明白了。后来学校举办香港回归演讲比赛，她在比赛中脱颖而出，荣获了优胜奖。从此，班干、入

1996年父亲与外孙朱阳、孙女方文静合影

团都有她的份，她也自觉地奋发图强了。

我的外孙朱阳，由于母亲生下他不久就去读硕士、博士，所以，从一岁多就开始跟我们一起生活。他两三岁时就爱到处乱涂乱画，床头边、门板上、墙上，处处都有他用坯粉、粉笔画的线条、波浪纹饰，见什么画什么，虽然不像，但这是儿童对事物印象的描述。久而久之，在他的画笔下出现了人头、人物、树木、花草、房子、汽车、动物等，后来更欢喜画京戏人物。有一次，市文化馆举办全市儿童绘画比赛，朱阳参加了比赛，取得了全市第一名，于是被选拔参加江西省儿童绘画比赛，在比赛中取得了全省儿童绘画冠军，五岁获绘画大奖，上了中央电视台，当时的省级领导吴官正还特意挽着他照了一张纪念照。

后来朱阳上了小学，怕增加他学习文化课的负担，没让他继续画下来，而是挪出时间学英语。当时景德镇小学没开英语课，专门请了家教老师教他英语，每周星期六、日两天，我都要陪他到离家约五公里的景德镇报社职工宿舍胡老师家去上课，学习两小时的英语。阳阳骑自行车，我跟在后面跑，不分严寒酷暑月月如此，坚持了三年，直至小学毕业。阳阳小学毕业语文、算术两门课只差两分得满分，被市重点中学一中录取。为了培养母子感情和受到更好的教育，朱阳在1996年小学毕业后来到北京。当时他妈是北京大学社会学系博士后，阳阳作为家属进北大附中读书。因阳阳不是北大附小毕业，必须重读一年北大附小才能升北大附中，所以他重读一年才升入北大附中。从此，阳阳跟着他母亲长大成人，直至留学英国回来。

通过带他们俩，我认为孩子无论学习成绩好坏，都是可爱的，都是有培养前途的，关键在家长与老师的责任感和爱心，以及教育方法，因人、因才施教。首先要培养孩子的求知欲，当孩子是朋友，通过讲故事使其明白自己知识的多少就是德才本领的大小，德才本领的大小决定自己命运的好坏与人生理想的实现，从而产生强烈的求知欲望。与此同时，还要养成好学、好奇、好问、好思，弄个明白、得出结果（结论），有始有终的好学习惯。总之，设法培养孩子自己要学而不是大人要他学、强迫他学，强迫学往往适得其反。当孩子学习成绩下滑时，家长有责任帮助他分析原因，采取针对性有效措施限期赶上，耐心引导，多鼓励、少批评，多教解题方法，使其明白原理、公式、精神的内涵所在。从而对学习感兴趣，自觉地知难而进，不断积累知识，由浅而深，循序渐进，持之以恒，必然成才。切忌急躁冒进、拔苗助长，否则事与愿违，适得其反。

由于父母的用心培养，后来小雁考上了四川华西医学院，朱阳考上了英国伦敦大学，如今两个孩子都发展得很不错，我和弟弟都由衷地感谢他们。

# 活着，就是为了展现美好

现在父亲虽然已是88岁的老翁，母亲也已去世，但他还是活得那么认真，十几年如一日地锻炼身体，一天要在小区行走七八公里，风雨无阻。每天自己看书学习保健知识，自己配药，用他的话来说，靠医生不如靠自己。我常常跟他开玩笑，你现在的工作就是养生，让自己长寿，如果能成为百岁老人也是人生的另一种成就。

他每天认真地锻炼、学习、看书、记笔记，还依然帮助人、关心人。家里每一个亲戚的生日他都记得，每一个人的生日他都打电话去问候，有时还会寄钱过去。年轻时，曾有一些人向他借钱不还，他也从不追问，因为按他的理解，人家不还，总是因为人家有困难。为此事，母亲总是不高兴，因为我们家也不宽裕。但他永远不改，老了也还是如此。有一次，一位几十年没有见过面的老同事打电话向他借钱，我们都告诉他不要借，借了肯定不会还，但他不信，还是借了，

2003年父亲在北京惠新北里家中留影

果然，好多年过去了，直到现在也没有还。但父亲仍然相信，世间还是好人多，没有还也不一定是骗，而一定是有难言的苦衷。正因为父亲的为人，每年过年或者他生日时，我们都让父亲接电话，因为我们知道，所有的电话都一定是问候他的。就连在我们家工作过的保姆，回老家后都会经常打电话来问候他，因为他对她们就像对自己的孩子一样关心。每位保姆生日他都会记得给她们买蛋糕，还常免费辅导保姆的孩子学习，所以我们家的保姆和我们都相处得很好，即使离开了我们家也还常走动和联系。

父亲展示给我们的总是乐观的样子，记得85岁以前，他的身体还非常健康，每天看看报纸、写写东西，偶尔还哼哼歌。但我读过他写的自传才知道，其实母亲走后，他的内

2017年父亲在北京万万树家中的留影

2017年父亲在万万树的家门口穿着哈佛大学的校服骑自行车

心很寂寞。母亲去世后，他跟我来到了北京，刚来的五六年，他年年回景德镇为母亲上坟，同时也为我的祖母、大伯、姑姑、姑爷和伯母上坟。他是家中的小儿子，寿命又最长，所以到晚年，他所熟悉的亲人们都已经离他而去，他一半时间和我们生活在一起，一半时间是在追忆离去的亲人们。

自从2011年以后，父亲再也没有离开北京去景德镇了，他已经老了，走不动了，每天都在房间里写回忆录。幸好他爱写，才让我们多少了解了一点他内心的想法。为了让他对生活有热情，80岁以后，我尽量帮他买各种鲜艳的衣服，每到一所欧美的名校我都会给他买校服，让他穿着晨练。有一次，他穿着一件美国哈佛大学的校服跑步，被人看见了，悄悄地议论，这个小区藏龙卧虎，老爷子还上过哈佛大学。他听到后很高兴，回来绘声绘色地描述给我们听。

我们常常祝他长命百岁，但他不高兴，他说，人生100岁太短，我已快90岁了，离100岁才十几年，因此，他的理想是超越100岁。中国自古说“仁者寿”，我想父亲是“仁者”，他应该会寿长。他说他一辈子没做过亏心事，没有消极，没有浪费时间，所以他活得很安心。他甚至说，他有一个信念，活着就是为了展现美好，这个美好是人性的美好。

父亲在万万树小区行走锻炼身体

2018年冬天父亲在万万树的家门口送我们出门，多年来，每次我们离开家，他都要到门口来送我们

下篇

/

# 我的母亲

# 母亲李玉华的早年生活

其实我跟母亲走得更近，一方面是母亲跟儿女的关系更近；另一方面父母长期两地分居，我跟母亲在一起的时间更多。但在这本书里，母亲只是成了配角，一方面这是一本以体现父亲家族传承关系的书；另一方面，母亲去世得早，不像父亲，不仅可以给我口述许多故事，还留有一本回忆录，给我提供了不少写作的资料。而对于母亲，我只能凭我自己和父亲的回忆，写一些她的生平。

母亲是一位聪慧而乐观的女性，她崇尚知识，崇尚有学问的人，当年之所以嫁给父亲，就是因为觉得父亲有文化，写得一手好字。母亲年轻时很漂亮，尤其是她的眼睛很大，很深邃，她告诉我，这双眼睛是遗传了我的外公。外公虽然读书不多，但却是很聪明的人，能说善辩，最早生活在重庆附近的长寿县的农村，后来离开家乡，带着一家老小到重庆生活。母亲从小就身体弱，外祖父非常疼爱她，还送她读书。

1950年母亲结婚前夕的留影

在那样的年代，别说女孩，就是男孩读书的都不多。但很不幸，在母亲还未满10岁时，当邮递员的外公在邮船上下邮包时被日本飞机扔下的炸弹炸死了。

母亲是家里的老大，下面还有两个弟弟，当时的外婆带着三个孩子无法独自生活，就改嫁给了我的后外公。后外公是重庆码头上的袍哥老大，有一定的社会地位和经济地位。他接纳了我外婆带的三个孩子，还让母亲上了学。后来外婆又生了一儿一女，加上前面的三个一共是五个孩子。好景不长，后外公得了喉癌，把家里所有的钱都送到医院后，还是没能救活他。最后，外婆一个寡妇带着五个孩子，我母亲最大也才十六七岁，外婆唯一的指望就是希望她嫁给一个有钱人，将这一家老小负担下来，当时母亲出嫁的对象是一位资本家的儿子。但母亲读过书，她向往自由恋爱，还崇尚学问，希望找一

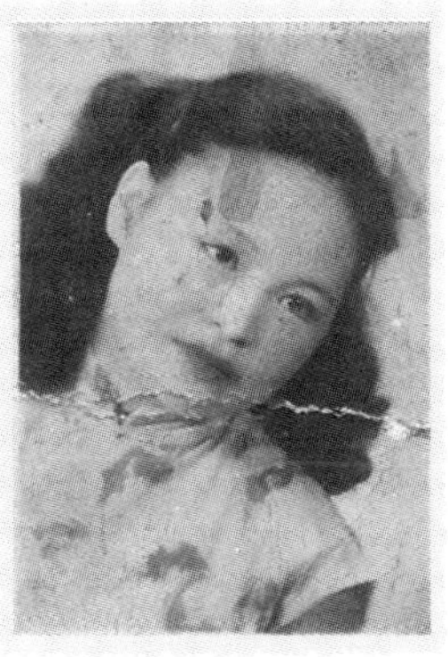

1951年母亲在重庆的留影

位知识分子。这时，她的一位女友和父亲的同事谈恋爱，通过女友她认识了我的父亲。在她的眼里，我的父亲年轻、有才干、有学问，就是没有钱，但她对爱情的向往胜于金钱。

当时外婆已经收了那位资本家的彩礼，她知道母亲和父亲谈恋爱的事情后，气得要拉母亲去跳河。父亲当时也不示弱，他告诉外婆，重庆不久就要解放，一旦解放，资本家就不再有地位。但他怎么也没有想到，自己的命运也不会比资本家好多少。

1949年，重庆解放了，父亲得了一笔遣散费，他就是靠着这笔遣散费，和母亲结了婚，并上学读了书。从学校毕业后，母亲跟父亲到了贵州，大舅舅参军，小姨妈送给姨外婆，另外两个舅舅和外婆也跟着父母到了贵州。他们一直跟着父母生活，直到父亲离开贵州。

1962年父亲、母亲、我、弟弟、舅舅和外婆的合影

# 进入穷山僻壤的贵州



母亲自幼爱美，又生活在重庆这样的大城市，第一次来到贵州这样的穷山僻壤。她仍然穿着旗袍，烫着头发，但是到了这样的地方，谁见过这样的女人，大家像看西洋镜似的看她。她只好改装，穿上当地的土布衣服。别说烫头，就是剪直发，这里也没有什么好的理发店，一切都将就着过。母亲毕竟年轻，能吃苦，她满怀热情地想在这里有所作为。记得当时有一首歌唱着："革命人永远是年轻，他好比大松树冬夏常青，他不怕风吹雨打，他不怕天寒地冻……"我想母亲就是受到这样一些情绪的鼓舞，在那样的地方生活着。

刚开始时，她和父亲都还受重用，她一直在县里当会计，爸爸到水城铁矿工作后她也一起过去了。她思想先进，家庭成分又好，所以还当过团支部书记。有一次涨大水，为了抢救公共财产，她在水里浸泡太久，所以得了风湿病，也落下了病根。她和父亲一样工作十分努力，也很要求进步，但由

1954年母亲在贵州水城铁矿的留影

于父亲的原因，她也没能成为共产党员。

1960年，国家三年自然灾害，贵州极苦。这本来就是个“天无三日晴，地无三里平”的地方，这个时候更苦了，根本看不见大米。由于没有吃的，父母的双脚都肿得像棒槌一样，大弟弟不肯吃玉米饭，见到玉米就摔碗，最后没有办法决定将他送到江西老家去。

于是，我们一家人启程到江西景德镇去，那是我第一次到景德镇，我想对于母亲来讲，也是第一次到婆家。父亲离开家那么多年，也是第一次回去。那时的交通不像现在这么发达，长途跋涉，从汽车到火车，又从火车到汽车，中途辗转许多次，才到达了目的地。回到家乡，父亲一定很感慨，游子又回来了，他每次都是有难就想到了故乡，想到了母亲，想到了故乡的亲人。奶奶和姑姑住在一起，父亲是家中的幼

1953年母亲在贵州时的留影

子，是奶奶的心肝宝贝，见到他带着漂亮的媳妇和孙儿孙女回来非常高兴。母亲的美貌在亲友里一时传为佳话，记得刚下汽车，母亲牵着我在前面走，我的一位堂叔，当时正在景德镇陶瓷学院美术系读书，他到车站附近画速写，看到我们母女俩，觉得非常美，一路上跟着我们想画速写，后来看到父亲，才知道自己想画的对象竟然是自己的嫂子，于是帮我们拿着行李送到家中。

不久，我们从江西回到了贵州，大弟弟被留了下来，当时母亲很痛苦，她舍不得孩子那么小就离开了她。但她不知道，对于她来讲，亲人分离的痛苦，还仅仅是开始，在今后漫长的人生道路上，她的曲折还会更多。

# 人生的低谷

回到贵州不久，母亲就被诬陷为贪污犯，一个要强爱美的女人，如何受得了这样的打击，为了保护自己，其实也是为了保护母亲，父亲离开了贵州。因为如果父亲不走，就会有人说他是幕后黑手，他在这里不但帮不了母亲，反而更坏事。父亲走了，只剩下我陪伴着母亲，但幼小的我什么都不懂。只看见母亲不再坐办公室，每天穿着工作服到车间搬矿石。母亲是一个爱美的人，那时没有熨斗，母亲总是把裤子洗好后，折好放在枕头下压平，还要在裤子中间压出一条线来；家里就是一块抹布也要把它搓洗得干干净净、白生生的。但此时她什么都顾不得了，每天在车间劳动，一回到家什么都不想干，饭都是我每天从食堂打回来的。其实那个时候母亲就已经开始生病了，她从小就体弱，到贵州后，生活条件差，精神压力大，后来又生活在冤屈中，她开始有点精神恍惚。但她知道自己一定要保持清醒，要为自己伸冤。这时她又怀上了我的小弟弟，小弟弟没足月就被生了下来，她没有办法，边在车间劳动，边写检查还要边带小弟弟，最后，只好把小弟弟送到江西。

记得那年是我和她一起回江西的，她和父亲分离的时候我看她泪流满面，离开自己的丈夫和年幼的两个儿子，可想而知她作为妻子、作为母亲的心情是如何的沉重，何况等待着她的是冤屈的审查、沉重的体力活。

回到贵州后，母亲一方面劳动，另一方面从未停止过申诉。有一次她告诉我，她梦见了外公，她将自己的冤屈告诉了外公，外公说他一定会救她，帮她伸冤的。母亲说，外公向来疼她，看来她的冤情有希望了。果然，不久“四清”运动来了，通过工作组调查，母亲是被冤枉的，领导公开赔礼道歉，母亲也恢复了原职。但此时她再也支持不住了，不仅身体垮了，整个人也神志不清了。

于是，舅舅从重庆赶来把母亲接到外婆家，那时“文革”开始了，学校不上课，我也跟着到了重庆，母亲被送进医院。不久我就被送回到父亲那里，母亲则到外婆家治病。

我后来在父亲的回忆录中看到了有关他对我母亲这段生活的记录：

1963年12月，我带着大儿子离职回景德镇后，玉华

1966年母亲被接到外婆家治病与外婆一家合影的全家福

背着刚出生不久的小儿子在大高炉后天天碎矿，常年干体力劳动。我离开水城铁厂不久后，有冶金局派来“四清”工作组搞“四清”工作。经过工作组数月反复调查核实，所谓的“李玉华贪污”冤案，终于在1964年大白于天下，恢复了名誉，也恢复了焦化车间主办会计的原职原薪。

可是由于她遭受长期的批斗，精神压抑，加上炉后矿尘的污染，得了肝炎和精神分裂症，为怕肝病传染给两岁的儿子，于1964年秋，我将小儿子接回江西照料。不久，玉华精神分裂症日益严重，出门方向难辨，回不

1966年母亲全体兄妹在重庆的合影

了家，必须专人照料，于是1966年被送到重庆的岳母家，由岳母与姨妹照料。同时，玉华被送到重庆精神病医院看病，经过长期治疗，专人看护，1967年精神稍稍好转，我把她从重庆接回江西景德镇。可是她还是有点精神恍惚，做家务经常出差错，打破东西，有时把煤球放入锅里，端菜上桌没到桌上就放手了，把菜饭打翻在地。面对病态，我除了同情、安慰、鼓励她外，还能说什么呢？

自从她回江西后，经常头痛、发高烧，颈子硬、不能转动，卧床不能翻身，四肢长结节硬块、紫斑，还有骨质疏松等症。1972年去上海华山医院住院检查，诊断为脑骨髓炎，要动切除手术治疗。因考虑到当时国内医疗水平没有保障，我们不同意开刀，于是，回到景德镇中医保守治疗。

1973年，适逢江西医学院万友生教授带学生到市人民医院实习，经万教授中医治疗明显好转。大概两个月后，万教授带着学生返校，玉华就跟着到南昌万教授家里求诊，住在南昌堂妹方清家，得到妹子夫妇的关照。经过半年多的中医治疗基本好了，才回到景德镇用遥控的方法（即继续服万教授的药方，及时将服药后的病情变化写信告诉他，据此调整药方）继续医治。如此治疗了一年多，奇迹出现了，经拍片子检查，病状完全消失，脑子恢复了健康。

# 贫困的生活

母亲在重庆养病期间，家里只有我们姐弟三人跟随着父亲生活。没有妈的孩子们非常可怜，那时我才11岁，就要做全家人的饭，洗全家人的衣服。正值“文革”，爸爸被打成了“三查对象”，每天早出晚归到车间劳动，还要挂牌子。我们三个几乎成了没人管的孩子，小弟弟到了上学的年龄也没有给他报名。我上初中了，当时城里所有的中学都搬到了农村，学生们必须住校，小弟弟在家不上学，也没有人管，只好由我带着去上学。学校住的是上下铺，我住上铺，我们两个人就住那么小的一张床，随时怕翻下来。白天我上课，弟弟就躲在寝室里或教室的桌子底下。学校的生活很艰苦，我们没有更多的钱买菜，常常是一大碗饭，就一点咸萝卜或豆豉，或豆腐乳。如果能有点猪油加上酱油拌饭，那简直就非常好了。那个时候，人们的生活非常困难，买什么都要票，一个月一个人半斤油票、半斤肉票、半斤糖票、半斤豆腐票。最好吃的菜就是红烧肉，但要一个月才能吃得上一回。那个时候我最向往的生活就是，每天早上可以吃油条和炸花生米配稀饭，每天能喝糖水，因为在当时糖和油都是稀缺品。

不久，母亲的病有所好转，但仍然不能上班，于是就请了长期病假到江西来和我们一起生活，那是非常短暂的一家人团聚的时光。母亲来了，虽然还生着病，但对于我们来说，也是一件非常高兴的事。母亲来后我们的生活有所好转，虽然工资没有增加，但母亲会调剂生活。母亲爱做菜，手艺也很好，每个星期天都会带我们到野外找野菜回来包饺子。而且母亲善交朋友，她和那些肉店、水产店的店员们关系很好，有时让他们开后门买点鱼、肉，改善我们的生活。小弟弟也被送进了学校，他9岁才上学，但一上学上的就是三年级，因为之前一直在家自学。弟弟很懂事，虽然上学晚，但很努力，成绩非常优秀。母亲很注重教育，常常鼓励我们学习，她说人和人的差别不在于聪明或笨，而在于是否读过书。我小的时候是个书迷，只要是书我就爱看，每次母亲让我去买东西，我都会去书摊上看书，母亲看我许久没回来，就到书摊上去找我，一找，我准在。

有时候，洗衣服我也会边搓衣服边看书，还会边做饭边看书，常常是衣服没有洗干净，或饭做糊了。还由于经常沉浸在书中，常常找不到钥匙。祖母对我不满意，觉得我不如我的堂姐妹们精明能干，不像一个以后能持家过日子的女孩子。但我母亲不这么看，她说做饭洗衣服都是简单的事，只要稍微用点心就行，但读书，还要有思想，就不那么简单了。她从来不认为是女孩子就可以不读书，相反，她认为女孩子读书更重要，因为女孩子其他能力弱，更应该通过读书来增强自己的能力。

母亲是孩子的第一任老师，一个不重视文化的女人是当不好母亲的。所以只要我在看书，母亲总是不忍心打扰我。但她的身体不好，我是家里的主要劳动力，大部分的家务都需要我来承担。记得有一次大年三十夜，我借来一本讲蒋介石身世的小说《金陵春梦》，因为看书忘记了做饭，父亲非常生气，拿着鞭子就要打我，母亲还和他吵了一架。

“文革”期间，许多的书都给毁了，借到一本书不容易，所以只要是书我都喜欢看，小说、历史、地理，甚至哲学，尤其爱看科幻小说，总是爱想象人类的未来和宇宙中发生的事情。其中，小说是我的最爱，但父亲不喜欢我看小说，认为那是闲书，应该多看课本，多看数理化之类的书，或者语文、历史、地理也行。但母亲的看法不一样，她认为，好的小说也是认识人生和世界的窗口，也是值得看的。正因为母亲的鼓励，在班上，我属于知识面最广的学生之一。我不仅爱看书，还爱表达，把我看书的内容讲给同学们听，在那知识贫乏的年代，我就成了最受同学们欢迎的人之一。

我不仅爱看书，还爱画画，“文革”时大家的衣服都穿得很单调，所以女孩子们在一起都爱画美女，并给美女穿上我们想象得出的各种漂亮的衣服，总是大家出主意，我来画。这件事被进驻在学校的贫宣队（全称是“贫下中农毛泽东宣传队”）发现后，批评我小资产阶级思想严重。当时我很不理解，回家告诉母亲，母亲不仅没有批评我，反而还说，爱美是女人的天性。她教我如何打扮才会使自己更有气质，她常说，女人的头和脚最重要，也就是发式和鞋子最重要。还有姿态比容貌更重要，所以要讲究站姿、坐姿和走路的姿势，并在家手把手地教我。她还把父亲以前的军大衣和她以前的花衬衫改给我穿，在那个提倡女性“不爱红妆爱武装”的年代，我母亲的这一套简直是大逆不道。所以在那个时候，我身上总有点“小资产阶级”的气质，为此，总是评不上“五好战士”，也加入不了红卫兵。

但母亲的教育让我热爱上了艺术和写作，而且这样的爱好伴随我的终身，让我有了一个幸福的人生。这种幸福来自自己对这个世界深刻的感受能力和表达能力，只有爱艺术和爱写作的人才具有这样特殊的能力。因此，我感谢我的母亲，这是她留给我的最最宝贵的财富。父母常常告诉我，再多的钱都是可以花完的，只有头脑里的知识，只有你具有的创造

1975年母亲在景德镇的留影

力才是取之不尽和用之不竭的。我一点也不羡慕官二代和富二代，我觉得父母给我的财产远远超过那些官员和富翁留给他们孩子的财产。这一财富就是热爱读书、热爱学习、热爱艺术、热爱美、热爱生命，而就是这些财富给我带来了快乐和自信。

在这一点上，我有很深刻的体会。读中学时，在班上我不是出生于有钱人家，也不是出生于有权人家，父母不仅普通，而且还成分不好，还有同学见过父亲“挂牌子”（在当时那是很丢脸的事）。我入不了红卫兵，但同学们同样尊重我、看得起我，那是因为他们觉得我比他们懂得多，成绩比他们好。“文革”后期，学校开始走向正轨，老师也开始抓学习，我在班上的“地位”更高了，每次语文课的作文讲评，我的作文总是范文；由于父亲给我打下的底子，我的数理化成绩也总是名列前茅。

母亲总是给予我们学习上的鼓励，我们姐弟三人，谁成绩好，考试得了第一名，母亲就悄悄带谁到饭店吃一碗肉片汤或一个包子，我常常得到这样的殊荣。为了让老师对我另眼相待，她会经常到学校和老师沟通，并了解我的学习情况。小时候，我们姐弟都非常喜欢母亲到学校来，因为她总是那么有气质，那么得体和漂亮，以至于许多不了解情况的人都误认为我父亲是什么高干，而我母亲则是高干夫人。其实我们家境并不好，但母亲很会持家，她有一个账本，每天晚上都要记账，每一天的生活费都是精打细算，即使再困难，母亲每个月都会留一点钱以防万一。虽然家里困难，但她始终有几件漂亮的衣服，平时是不穿的，只有出门时才穿。所以她在家是很普通的，但出门却能穿得很体面。

母亲是一个非常有毅力的人，生病多年一直坚持治疗，在我考上大学的那一年，她的身体竟好了起来，于是她回到贵州恢复了工作。她是一个极聪明、工作能力极强的人。上班后，由于改革开放，厂里办起了第三产业，让她当会计兼总经理，她做得风风火火，显示出很强的经营能力。这时出现了私人企业，我母亲所在的六盘水地区是一个盛产煤矿的地方，许多人看中了母亲的经营能力，要拉她入伙开煤矿。这在当时来讲，是破天荒的，父亲坚决不同意，觉得这太冒险，母亲也没有再坚持。他们那一代人是在计划经济体制下成长起来的，从来就没有过自己自由的选择。我在想，如果母亲当时下了海，说不定就是我们国家的第一代煤老板，我们就成了富二代。我也许就不再会是今天的我，说不定大学毕业就去继承母亲的事业了，也不会读什么硕士、博士了。但说句心里话，我还是喜欢我今天的生活，也许是由于从小受父母的教导，我总觉得精神生活高于物质生活，生活的幸福感始终和生命的意义联系在一起。再多的钱，如果只是浑浑噩噩、醉生梦死地活着，那么钱又有何用？

# 对子女的教育

我不理解为什么现在的中国人大多拜金。实际上在中国古代，人们重视的是人生的教养、知识和对国家的贡献。所谓的“修身、齐家、治国、平天下”，“修身”就是自我教育和修养，“齐家”是家庭的和睦与亲情，“治国、平天下”就是对国家的贡献。古代知识分子的“视金钱如粪土”，有点过于清高，但“君子爱财，取之有道”这样的话是要牢记的。

父亲在这方面做得特别的好，一辈子不贪财，不贪小利。而母亲在钱的方面虽然精于计算，但那是迫于生计，在金钱和受教育以及在决定未来的前途方面，她从来是把金钱放在第二位的。这样的教育，让我们这一代人从来不短视，不看眼前利益，总能从大处着眼。有时我很庆幸自己不是出生在一个高官或者富翁的家庭，因为出生在那样家庭的孩子，由于有依靠往往会缺乏斗志，缺乏明确的生活目标，因而变得软弱。所以，从年轻时我就在想，如果今后我挣到了钱，我一定要我的孩子受最好的教育，不惜代价地培养他。我认为，聪明的母亲给孩子的不是物质财产，而是非物质的智慧和能力，因为有了智慧和能力才会过上有意义和有创造性的幸福生活。我的父母没有给我任何财产，从17岁我就参加工作（在中学当代课老师），把所有的钱都交给父母补贴家用，读大学也是读的不用花钱的师范学院，但我仍然无限地感激他们，因为他们给予我的是用钱也买不来的许多的无形资产。

母亲很重视我们的学习，她非常希望我们以后都能考上大学。她有一个皮箱，南方很潮湿，每年春夏都要晒箱子，每次晒箱子时，我都要和母亲一起翻箱子里的东西，那都是我平时看不到的母亲的宝贝。我记得箱子里有一双漂亮的皮手套，母亲平时舍不得戴，她说，如果你有一天读大学了，就给你戴。还有一条红格子的羊毛围巾，一件漂亮的绿格子衬衫，一件鹅黄色的羊毛开衫，一块欧米茄的手表，这都是母亲很喜欢的东西，但她平时从不穿，也从不用，因为她告诉我这都是留给我上大学的。

她希望我以后不仅能上大学，还能到国外去留学。但那时的中国还处在“文革”之中，那时的中国年轻人中只有贫下中农、家庭出身好的人，才有机会被推荐上大学，而像我们这样家庭的人，几乎是没有机会上大学的。因此，我只能将这种奢望深深地埋在心中。

1983年我与母亲的合影

我从小不仅爱读书、爱写文章，还爱画画。受母亲的影响，我喜欢美好的东西，而绘画可以用来表达心中的种种美好。在“文革”期间，学校其他课目的学习都不受重视，唯有艺术和体育最受重视。因为艺术可以用来宣传毛泽东思想，体育可以通过比赛来体现各自的革命勇敢精神。在市文化馆，每年都有各种创作学习班，在创作学习班中，主要是学习创作宣传毛泽东思想的美术作品。来参加学习班的人并不是每个人都有美术基础，当时有“在游泳中学习游泳”的说法，也就是边创作，边学习。那时有工人学习班、中学生学习班，我参加的是中学生学习班。参加学习班不仅是搞创作，也学习美术的基本技法，由文化馆和当地一些有名画家辅导，这些参加学习班的人慢慢地在当地形成一个美术圈子。我当时年龄小，刚出道，根本不起眼。看着那些已成名的画家非常崇拜，很希望能拜其中的一位当老师。在一位朋友的介绍下，我认识了当地一位画家——何叔水老师，他每年出版一幅年画，很多人家里都会张贴。我很羡慕，常常想，等到哪一天我也能画得和他一样好，我就满足了。于是，我把自己的画拿给他看，他客套地夸了我一下，我弄不清真假，还以为自己真的很有天分，画得很好。回家后告诉母亲，她鼓励我去拜何老师为师。我当时还是有点胆怯，不知道何老师是否会教我。那时的我非常腼腆和内向，很害怕和人打交道，但母亲说，凡是好学的孩子老师都会喜欢。她还告诉我，人生的机会都是靠自己争取来的，争取就会有希望，当然争取会有难度，但如果不争取，命运就不会转变。

于是，我鼓足了最大的勇气，去敲响了何老师的工作室的大门。进了工作室，何老师竟然已经不认识我了，他那天只是应付式地夸了我一下。于是我充满了失望，但想到母亲的话，我还是鼓足了勇气，把自己的画拿出来请他指点。但他只是很冷淡地看了一下，并没有多说什么。我想，他一定觉得很好笑，随便应付了一下，我竟然就想来拜师，他根本就不想带什么学生，觉得我耽误了他的时间。回到家，我觉得很受打击，但母亲说，人贵在坚持，你应该继续画画，继续向老师请教，你一定能画好，同时老师也会被你的精神感动，最后收你为徒。的确是这样，我后来不断地画，鼓起勇气不断地向何老师请教，每到重要的节日母亲都让我买礼物送给何老师，不是贿赂，而是表示敬意。当时家里很困难，但母亲认为无论多困难，孩子的教育都是第一位的。虽然给何老师送的礼物不是很多，只是一点皮蛋和墨鱼，但在当时来讲，这就是很贵重的礼品了。后来何老师被感动了，他说："你父母如此客气，我一定要登门看看你的父母。"后来，何老师到了我家，发现我家并不宽裕，送的这点东西就是倾其所有了。看到我们家那么困难，还如此重视我的学习，决定不但免费教我，还免费为我提供绘画的工具和材料。

那时，景德镇还很封闭，学习绘画的基本是男生，女生很少。市文化馆组织大家到外地写生，只有我一个女性参加，父亲很不放心，让我不要去。但母亲觉得这是一个学习的极好机会，就鼓励我去，但她觉得要委托一个可靠的老师带我才行。她知道同行的人中有一位口碑非常好、年龄也比较大的陶瓷学院美术系的宁麟教授，就委托他一路关照我。我还记得出发的那天早上，天还没亮，母亲步行着，拎了许多行李把我送到火车站，亲自把我交到宁麟教授的手上。

我高中毕业的那一年，中学教师短缺，分配来的工农兵大学生水平很差，无法教课。学校决定从我们这届学生中挑两名优秀的学生留校教书，一名教语文，一名教数学，当时我被留下来教语文。这对于我来说是一个极大的挑战，我从未教过书，也缺少写黑板字的经验，还怕自己的普通话讲不好。我读书比较早，高中毕业时才17岁，自己都是孩子，还要教初中生，我真的缺少这种勇气。而且老师讲，只给我一个星期的准备时间，到时到学校试讲，校长和教导主任都会来听，我心里紧张极了。父亲看到这样的情况就说："老师如此器重你，如果教不好岂不是让老师下不来台，所以如果没把握你就谢绝算了。"但母亲却说："既然老师选中了你，就说明你有这种能力，如果你不会，我们可以在家练练，我来帮你。"母亲把家里的一张黑桌子放倒当黑板，让我练习写黑板字。又让我拿着课本把她当学生来讲课，每当我讲课的时候，母亲总是津津有味地听着，不时投来赞许的目光。在母亲的鼓励下，我的讲课开始流利起来，板书也越来越好，我自信我平时给同学们讲故事都能讲得很好，讲课也不会有什么问题。

等到正式试讲时，我还是很紧张，母亲就说："你不用紧张，你就当作你是在森林里，你面对的是一排排树木，根本不会关注你。"果然，上课时我努力地忘记我面对的是学生和老师，而是自己一人在自由地讲，试讲结束后竟然得到了好评，我很高兴，认为自己的口才很好。若干年后，母亲才告诉我，最开始我对着她讲时，结结巴巴，普通话也不好，她心里很着急，但还是装着听得津津有味的样子。后来我越来越胆大，才讲得越来越顺利。想到这里，我非常感谢我的母亲，没有她的耐心教导和鼓励，就不会有今天的我。记得叔本华说过，人的智慧多是来自母亲，每一位出众的人才背后都会有一位伟大的母亲。

母亲还教给我的一个好习惯，就是每天写日记，不仅是锻炼文笔，还是自我教育。因为写作会让你不断地整理自己头脑里的知识，不断地进行自我灵魂的洗涤，还会不断地思考自己面对的世界，经常在灵魂深处对自己发问。开始时，我觉得很烦，觉得母亲很多事，很羡慕别人家孩子那么自由，他们的母亲不会每天在睡觉前检查是否写了日记。但今天我很感激她，我到任何地方做人类学的田野考察都会坚持写日记，我已完成的以后可以出版的，有我的西藏日记、韩国日记、美国日记、陕西日记，还有贵州的梭嘎日记等。如果说，父亲偏重的是我的理科教育，那么母亲则偏重的是我的文科教育。

总的来说，在我的家庭，教育总是第一位的，为了获得受教育的机会，一切都要让位，包括经济利益。我高中毕业留在中学当语文老师，一个月工资是36元钱，今天听起来这样的工资不高，但当时这36元钱一个月的工资对于我们的家庭是多么重要。母亲身体不好，只能拿60%的工资，一个月只有20多元钱，父亲每个月也只有40多元钱。当时

1977年作者高考证上的照片

一个人一个月的伙食费只需要9元钱，36元是四个人的伙食费。但是在学校当老师就没有机会去上大学，因为当时上大学要从工农兵里面挑选，老师不属于工农兵。其实我即使成了工农兵，上大学的机会还是很渺茫，因为家庭成分也很重要，贫下中农出身优先。即使是这样，父母还是充满希望地想让我有机会上大学。于是，母亲让我辞去了中学老师的工作，想办法进了一家工艺美术工厂当学徒工，每个月只有18元，工资少了一半，社会地位也低了许多，但却多了被推荐上大学的机会。父母认为年轻的时候，社会地位也好，钱也好，都不重要，重要的是获得受教育的机会。“万般皆下品，唯有读书高”的思想，在我父母的观念里是根深蒂固的。

父母的财产观影响了我，同样他们的爱情观也影响着我。尤其是母亲，由于都是女性，在一起讨论这样的问题比

1981年母亲与外婆和二舅舅一家在重庆的合影

较多。母亲总是说，女人是菜籽命，嫁到什么样的丈夫就像种到了一块什么样的地上，要土地肥沃才能长得好。同样，男人找妻子也很重要，什么样的女人会决定男人一生有什么样的格局。因此，一个女人要选一个好丈夫，但反过来，丈夫的好坏又是由女人造成的，所以女人的智慧和受教育的程度也很重要。母亲常举例说明，在旧社会一个男人可以有几个妻子，同样的父亲，但由于母亲的不同，孩子的素质会完全不一样。实际上她是在教我如何做妻子和做母亲。

接下来我面临的问题就是恋爱和结婚，爱情观决定着一生的幸福。母亲当时对我的教导就是两人要有共同语言，这是在一起生活的前提。另外，对于对方家庭的选择也很重要，家庭可以不富有，也可以没有权势，但一定要有好的家教。当然本人的素质是最重要的，她说：“会选的选本人，不会选的才选家庭。”当时也有很多人选对象，首先就是要选家庭条件好的，所谓的家庭条件好就是家里有钱，或者父母是当官的，也就是官二代或富二代。但母亲告诉我说，如果本人没有能力，父母有再多的财产也是能用完的；如果自己有能力，哪怕是一穷二白也能打下属于自己的一片天地。还有对方的学历也很重要，因为经历过文凭学历的考试也是一种能力，而且还是人生竞争的资本和基本条件。当年我丈夫娶我就是以他能考上硕士研究生为条件的。现在想起来有点过于“唯学历论”，但丈夫命运的转折还真是从读硕士研究生开始的，如果没有当年的努力考试，就不会有今天的他。

# 对孩子们的支持与期待

我结婚生孩子时，母亲刚提前退休，当时54岁，还算年轻，她想从事一点自己喜欢做的事。她有经营才干，还有人想和她一起合伙干点事业。所以她告诉我说，如果我生了孩子得自己想办法带，不要让她帮忙。但有一点，如果我有机会读书，她会牺牲所有的一切来帮助我。在她看来，一个人的成长，和多读书有很大的关系，她相信知识改变命运。后来在儿子一岁半的时候，我有机会到中央工艺美术学院进修，母亲果然实践了她的诺言，帮我带儿子。谁知一带就是十年，因为我进修完后，又考上了硕士、博士，做博士后。生完了孩子，竟然又读了十年书。现在想起来，真有点后悔，为了自己的前途竟然牺牲了母亲的自我和追求。但作为母亲来讲，没有什么比看到自己的孩子有出息更高兴的事了。

记得我在中央工艺美术学院读博士期间，母亲也没事先打招呼，把儿子丢给我父亲，只身一人到北京来看我。我记得那天我刚下课回到宿舍，就听同学告诉我，我的母亲来看我了，当时我很惊奇，也很高兴。我让她住在我们的宿舍，当时宿舍的床是上下铺的，她一定要住在上铺，因为那样更有学生的感觉。那是母亲第一次来北京，来到博士生的宿舍，对于母亲来讲，自己的女儿能读博士她是多么高兴啊！

母亲要我带她到清华大学和北京大学看看，她知道这是中国最重要的两所大学，她曾希望我能有机会在这样一流的大学读书，还希望我能有机会到国外去留学。当时，我似乎已经没有这样的机会了，但有意思的是，人的愿望有时会在冥冥之中得到实现。获得博士学位以后，我竟然有机会到北京大学做人类学方向的博士后。我读博士的母校中央工艺美术学院也被合并到了清华大学，成为清华大学美术学院，每次清华大学校庆我都作为校友被邀请回去。虽然我没有机会到国外读学位，但也曾有机会到美国的大学做访问学者，也算是为期一年的短期留学。后来又有机会到英国的大学做学术研究，也算是喝了一点点洋墨水，冥冥之中总算是实现了我母亲的愿望。

但我的这一切，父母付出的代价太大了。儿子一岁多就跟着父母生活，为了照顾好他，父母真是费尽了心机。不仅要照顾他的身体，还要辅导他的学习，母亲说，她一定努力交给我一个身体强壮、聪明好学的孩子。

作者在北京大学做博士后的照片

小弟弟也非常争气，拿到了博士学位，也在北京大学做过博士后，姐弟俩同时在北大做博士后，也是一段佳话。但是母亲却没有看到这一天，她去世的时候，弟弟还在西南政法大学读博士。

想到母亲的一生，我很心酸，她是一位热爱生命、热爱生活、热爱家庭的女性。她喜欢做菜，她的厨艺非常有名，过春节，亲戚们都喜欢到我们家来做客，为的就是品尝她的厨艺。但她一生都生活在贫困中，她喜欢厨艺，但家里却不能提供丰富的食材让她施展自己的技艺。她总是说，等今后你有了钱，我会帮你做很多好吃的东西。她爱孩子，为了我们她可以牺牲一切，但孩子们在她身边的时间都非常短。大弟弟和祖母一起生活的时间比较长，小弟弟后来去了舅舅那里，就数我在她身边的时间最多，但后来也到北京读书，并

1995年作者与儿子、弟弟摄于北京大学

留在北京工作，也就不在她的身边了。

每当我们回家，母亲高兴得忘乎所以，为我们忙上忙下，做许多好吃的。但每当我们离开时，母亲眼里总是充满着泪水。但她总是说，好儿女志在四方。晚年她把对我们所有的爱都放在了我儿子身上，那是她的宝贝。她对我儿子说：今后好好读书，要到国外去留学。她说，如果有那一天，她要陪我儿子去国外，去帮他做饭，去帮他照顾生活。儿子高中就去了英国留学，但母亲却没有看到这一天。她用生命铺就了我们的今天，但她却没有来得及看到我们今天的成就。

母亲是一位智慧的女性，做什么都能做好，但上天却没有让她有很长的机会工作，一生大部分的时间都在病痛中，都在与病魔作斗争。即使是这样，她仍然乐观和积极地生活，她的太极拳和气功远近有名。母亲还是一位有领导魅力的人，她走到什么地方都是中心人物，家里总是有很多客人。她最后的几年身体不好，我们又不在身边，都是周围的朋友轮流去照顾她。她的朋友有不同年龄段的，包括一些年轻的朋友们，直到今天，她已经去世十几年了，仍然有朋友每年都去为她上坟扫墓。她热爱生活，总是幻想着能住在一个带花园的房子里，她可以在里面种花草，打太极拳。现在我有这样的条件了，但她却不在了。

# 在北京大学的生活

母亲曾在北京和我们生活了一年，那时我在北京大学做博士后，学校分给了我一套两室一厅的博士后公寓，还让儿子上了北大附小。父母带着儿子和我一起在北京生活，那是母亲一生最高兴的时光。我们住在北大的承泽园博士后公寓，环境非常好，附近就是菜市场。那时我的丈夫已小有名气，经济收入已经比较好了。母亲每天到菜市场买来许多东西，很高兴地烹饪。我带她到超市去买各种她以前没有吃过的进口水果，还有各种进口的海鲜，她每次都要记录下来，因为她要回到景德镇，在她的朋友中“炫耀”。当时的博士后待遇非常好，还常常组织博士后们带家属去游玩。记得有一次组织我们带着父母和孩子一起去世界公园，父母打扮得很漂亮，父亲还特意穿了一套西装，打上领带。进公园时，父亲被拦住不让进去，因为作为博士后，他看上去显得有点老，作为博士后的父亲，他看上去又太年轻了。那天，他们

1997年父母在世界公园的留影

玩得很尽兴，拍了不少的照片。

父亲对这段快乐的时光有一些记录：

1998年1月28日，即春节的那一天，我和老伴从景德镇坐火车到达了北京，住进了北大承泽园博士后公寓，女儿一家热烈欢迎我俩的到来。因为以前我们没有在北京居住过，女儿为了让我们开眼界，买了许多当时在景德镇根本看不到的时鲜水果和海鲜给我们吃，如三文鱼、鳕鱼、比目鱼，进口水果榴莲、芒果、提子等；还带我们去全聚德吃烤鸭，进肯德基快餐店吃汉堡，每次都让我们吃个够。还进了北京大学附近的当代商城、双安商城

父母和我们一家在北京大学承泽园博士后公寓的合影

等。还去了天安门、英雄纪念碑、毛主席纪念堂、故宫、北海、圆明园、颐和园、世界公园、动物园等名胜古迹；到了最繁华的王府井大街，在那里有新华书店、外文书店、百货大楼。到处琳琅满目，应有尽有，可是价格很高，作为工薪阶层这些东西都是高不可攀的，只能看看一饱眼福而已。

如我们到当代商城，看到一双皮鞋标价999元，相当于当时普通工人两个半月的工资，因囊中羞涩，我们只在一楼转了一圈就出了大门，尽管自己买不起，乡巴佬进城还是大开眼界。最让我们吃惊的是，第一次进当代商城，老伴上厕所，发现厕所里不仅没有臭味，还香气扑鼻，这在小城市是没有的现象。在北京期间，我们常常能吃到和看到以前没有吃过和看过的东西，老伴高兴地用笔记录下来，以便回到景德镇向同修好友们介绍她在北京的所见所闻，与女儿一家的一片孝心。

我俩在北京大学的承泽园前前后后住了三个多月，每天都要去附近的树林草坪晨练。北京晨练的人特多，说明“生命在于运动”“健康在于保养”的观念已深入人心。晨练完后，我们总要在附近的农贸市场买些菜回家，那里有在景德镇看不到的大马哈鱼、三文鱼等。我们每次都要买许多菜，每每走到承泽园的大门口，门卫同志总是主动帮我们提菜回家，进进出出都受到门卫的笑脸相迎与敬礼，老伴还是第一次受到如此礼遇，甚为高兴。

细想起来，如果不是莉儿从小奋发图强，天刚亮就到昌江河下洗一家人的衣服，边做饭菜边看书，与时间赛跑；还挖野菜、打柴烧，与穷困作斗争，吃尽苦头，哪有今天的风光。

现实生活使我们加深了对“一分耕耘一分收获”“吃得苦中苦方为人上人”“功夫不负苦心人”“天子重英豪，学乃身之宝，万般皆下品，唯有读书高”“遗子黄金宝，如何熬一经”的理解。我们这一代没有实现的梦想，我

1997年作者陪父母吃麦当劳

们的儿女们实现了，我们托儿女的福庆幸万分。古人云："幸福莫过子孙贤。"

看了父亲的这段回忆，我很吃惊，不知道他们第一次到北京有如此的感受。其实父母曾在重庆生活过，后来长期生活在景德镇，都是在城市。但看来在20世纪90年代，北京与一般的中小城市还是有很大的距离，尤其是厕所。那时候老家的公寓还没有厕所，大家都是到里弄和街边的公共厕所去，每每到里弄只要一闻到臭味就知道不远的地方有厕所。母亲住进北大的博士后公寓第一次用上了抽水马桶，她很激动。到当代商城她要上厕所，我把她带进香气弥漫的厕所里，她简直不敢相信，厕所不但不臭，还布置得很漂亮。我每天变着花样地买他们在景德镇看不到的各种热带水果和海鲜。现在地球已经是平的了，物流的方便让大城市和小城市没有了区别，但当时还是有很大的差别。另外，我完全没想到，当时父亲想买皮鞋，竟然觉得囊中羞涩。当时，我虽然只是一个普通的博士后，但丈夫已经在艺术界崭露头角，常被邀请到香港地区和新加坡办展览，有一群藏家粉丝，所以我们基本已实现了财务自由。但父母从不和我们谈经济问题，也从不要我们给他们买任何东西。

# 父母的金婚

一天，母亲在承泽园遛弯时，不小心摔了一跤，她有骨质疏松症，很容易就骨折了，后来到北京西苑医院治好了，很快就回景德镇了。

回到景德镇后，一次母亲在公园打太极拳，不小心又摔了一跤，此后就一直卧在床上，再也爬不起来了。不久，父母迎来了他们的金婚纪念日。父母结婚很早，父亲19岁，母亲17岁，半个世纪前中国婴儿的成活率很低，我是父母的第三个孩子，前面两个都夭折了。我父母是1950年结婚的，2000年是父母的金婚纪念，那一年我已从北京大学博士后流动站出站，分配到中国艺术研究院工作，孩子也随我在北京读初中。我和丈夫及弟弟商量要为父母举办一个隆重的金婚仪式，他们的结婚仪式我们没法参加和操办，但金婚仪式应该是我们尽孝的机会。

那个时候父亲70岁，母亲68岁，按道理年龄并不大。

父亲母亲金婚时的合影

父亲由于身体好，还显得很年轻，但母亲由于体弱显得很苍老，加上摔了一跤，一直坐在轮椅上，生命已变得很脆弱了，我们也预感到了这也许是我们最后为她尽的孝心。

于是，我决定要把她打扮得漂漂亮亮的，特地为她买了一件浅红色的滑雪衫，一顶好看的帽子。那天，我两个弟弟家还有我家，一家人都团聚在一起，我的丈夫在景德镇有一个大工作室，里面还有不少供客人居住的房间，我们一大家人第一次居住在一起。除大人之外，我们每家都有一个孩子，我小弟弟的孩子只有三岁，在金婚仪式上，她表演模特儿走“猫步”。家里在景德镇的亲戚很多，父亲家是一个大家庭，

父亲母亲金婚时的家族合影

我的祖父一共三兄弟，还有三个姐妹，平时来往都很密切。大家都来参加了父母的金婚仪式，非常热闹。

父母一辈子很少同时成为中心人物，但那天他们是中心、是明星，子女和亲戚众星捧月般地环绕着他们，让他们激动不已，给父母留下了一生最美好的时光和纪念。在写这本书时我差点把这段故事漏写了，还是父亲提醒了我。可以说过完金婚，我的母亲的一生就像是达到了一个高潮，很快就进入了低潮，进入了人生的最后阶段。

# 最后的日子

母亲摔伤以后，病了四年多，我们这些儿女都不在身边，只有老父亲一人在照顾她每天的吃喝拉撒，洗衣服、做饭，还要送她去医院看病，当时父亲也已年近70，非常辛苦。听亲戚说，乐平有位民间非常有名的中医，能治伤科，所以母亲一直吃他开的药，后来腿伤基本好了。但由于伤科的药吃得太多，得了尿毒症，需要每个星期做透析、输血，这些都是单位不能报销的。当时我在北京工作，不能常回家；我丈夫在景德镇陶瓷学院教书，是他每个月定期给母亲送钱，还经常买水果和其他补品去看她。

而父亲非常辛苦，每天要送母亲到医院打点滴，每个星期还要做透析。家里没人照顾，吃饭有时都无法正点，母亲还经常晚上发烧、失眠，父亲也无法睡觉。但他们怕影响我们的工作，从来不在我们面前叫苦，以至于我们根本不知道。丈夫怕我着急，也从来不告诉我，都是他自己去看望和送钱给他们。我们怕他们辛苦，给钱让他们请保姆，他们表面答应了，但始终没舍得花这个钱。

母亲尿毒症初期，每次到医院都由三轮车接送，父母家住在二楼，每次都是由蹬三轮车的师傅背着上下楼。后来买了轮椅，由父亲每天推着她上医院，下楼时母亲一只手扶在墙上，另一只手则搭在父亲的肩上，父亲倒退着走。从医院回来上楼时也一样，每走一步都很艰难，天天如此，持续了两年多。

记得母亲去世前的两个月给我打了一个电话，但我一点也没有意识到那是我们最后的通话。母亲一直都是以我们的事业为重，虽然她很想念我们，但是为了怕我们分心，从来是报喜不报忧，总是说让我们不用担心，总是告诉我们，她很好。其实她给我打最后一个电话时，她就意识到了自己将不久于人世了。为了改善她的生活条件，我和丈夫一直想为父母买套房子，母亲打电话来说，她不需要了。她说，世界上所有的东西都不重要，钱、权、名气等都是身外之物，最重要的是亲情，是一家人能生活在一起。我今天才意识到，那是她在思念我们。

她让我好好对待我的丈夫，她说，他是一个好人，非常孝顺她。那时我的公婆已经去世，母亲说，丈夫没有了父母，我就是他在世界上最亲的人，夫妻和睦生活比什么都幸福。

母亲在弥留之际，还是在关心我未来的家庭生活。

她还要我好好培养儿子，她最了解这个孩子，她说我的儿子有非常好的品质，有非常强的毅力，有许多方面我们大人都要向他学习，孩子的天资也很好，但不是很亲近的人，他不会表达自己的需求。母亲担心孩子不是在我身边长大的，我会因为不了解他而没有发现他的长处，那是母亲一生给我打的时间最长的一次电话。可以说，母亲为了我的前途、我的未来生活竭尽了她的全力、耗尽了她最后的生命。即便这样，她也没告诉我她已经不行了，让我回去看看。

不久，父亲打来电话说母亲生病很严重，在医院住院，因为母亲生病多年，我们也已习以为常，我手头刚好有事走不开，打算推迟一两天走。但晚上躺在床上，好像是有人使劲踢了我一下，让我“腾”一下从床上坐了起来，我预感到是母亲不行了。第二天，一家人立刻买飞机票回家。到医院看到母亲，她快不能说话了。我告诉她，两个弟弟已在路上，她只轻轻地问了一句：“他们都知道我要走了吗？”说完，眼角上全是泪水，那是她跟我讲的最后一句话，也是我见到她后她唯一讲的一句话。

母亲在弥留之际曾与父亲有过一段对话：

老伴儿在弥留之际对我说：“我这一生值得，有真心爱我一生的丈夫，孝心的儿女与女婿。生了这么久的病，要钱，有儿女、女婿孝敬；要人，有贴心的老伴尽心尽力地照顾了三年的日日夜夜，治不好也没法，我已心满意足。只是后走的人寂寞孤单，儿女们都要上班，只能请人照顾，外人哪有亲人尽心尽力，奈何不得。”

我说：“我俩老年生活是幸福的，我为有你这样的终身伴侣与孝心的儿女感到称心如意，如果有来生，我希望我俩仍然是终身伴侣，我们一家子仍然是这些儿女子孙……”

我俩坦然面对生离死别，无可奈何花落去，心中默默祝愿她早日修成正果，成为佛祖弟子，为众生造福。

2001年农历七月初四，母亲走了，我为她擦身体、梳头，她的脸很安详，闭着眼睛，甚至恢复了她的美貌。她在世时，病痛一直在折磨她，生命离去了，病痛也跟着离去了，她反而舒坦了。我突然想到佛教里说的，“人生是苦海”，最苦的莫过于生老病死之苦、亲人离去之苦，我的母亲都经历了。在她的一生中，最珍贵的莫过于亲人的团聚。但到最后的弥留之际，没能和我们说上话，弟弟赶到时，她已经不省人事了。但也许人离世并不可怕，因为人生是苦海，离世则是离开苦海。以前我以为人去世后脸会变得很可怕，但在我见过婆婆和母亲去世后的样子，还有老师费孝通先生去世后的样子，我发现不但不可怕，还很安详，一副很舒坦的样子。所以，死也许真的是一种解脱。

安葬完母亲，父亲在室内为母亲设好灵位，点了七七四十九天的孤灯。在孤灯下，父亲天天为她念经，用佛教的理念来说，这是为逝者送行，叮咛一路如何对付所遭所遇，祝她一路走好，平安到达西天。每段不同的内容，父亲照本宣科念了49天，还天天上香和开佛经唱机，一直持续到我们把父亲接到北京来生活。其实我父亲并不信佛教，只是他答应了我的母亲要为她做这一切，为了言而有信，他做到了。

# 父亲对母亲的怀念

我本来不太相信宗教，但老伴相信佛教，我抱着愿她如佛教所说的修行青春终后，可以上天做佛祖弟子的心愿，按照佛教“度阴指导”，照本宣科，在她的灵位前一天念一小节。按照佛的指点上路，一路走好，天天有不同场景与岔路，按照念词继续前进，念满三十天即平安上了天。同时，我每天在她的灵位前给她上香点灯，敬茶、饭和香，以及各种供品。开佛经唱机一直唱满七七四十九天“满七”，我衷心祝愿她的灵魂功德圆满，上天做佛祖的弟子，保佑众生，国泰民安。

按照传统习俗，2001年腊月二十，耕儿、莉儿与阳阳三人到银坑坞（母亲坟墓所在地），给老伴坟上送火把与供品，扫墓拜年。过年我们四人在景德镇湖田家中过年，年三十再也没有老伴和我们共度佳节，无限伤感，只得把老伴的遗像安放在我居住的室内，供上香火供品。

正月初一（2002年2月12日），给老伴遗像拜年；初二，招待来“拜新年”的客人（当地的风俗，人去世的第一年春节亲友们要来“拜新年”），开了两桌。拜过新年后，我把老伴的遗像安放在供桌上，如往常一样供着，直至去北京前为止。

临走时，我将老伴遗像放入手提袋内，出门时，一边走一边说，老太婆我们一同去北京吧。从九江坐火车，2月25日早上到了北京北四环惠新北里莉儿家中，我把老伴的遗像安放在我的卧室的桌上，和在程家巷家中一样供着，直至4月10日，在莉儿、福儿建议下才撤了供奉，仅留一张遗像放在原处，每逢时节忌日才供奉。

2004年1月6日（农历2003年腊月十五），我一人回景德镇过春节，老伴的遗像与我同行；1月7日上午9:50，平安到达景德镇程家巷家中。我将老伴遗像供在灵堂告诉她，我俩终于同返家中。1月12日，李惠基、杨金兰、钟景华和我四人同去银坑坞给老伴扫墓。次日我一人去枫树山给母亲、大哥、大姐、姐夫上坟。14日，我一人去李家坂给祖母、三叔父母、新弟上坟。1月22日，民喜（大弟弟的小名）、小雁、亚茹三人到银坑坞给老伴上坟，此次，民喜是带着小雁专程来为母亲扫墓的。2月8日，我带着老伴的遗像离开了程家巷，像往年一样，放着鞭炮，边走边说，老太婆我们一同上北京了喽。2月9日早上，到达北京西站，福儿开车接我到惠新北里家中，安顿好老伴遗像，告诉她我们已回到北京家中。

2005年1月21日（农历腊月十二），和往年一样，我对老伴的遗像说，今天我们回家过年。福儿送我上的火车，次日到达，我将老伴遗像放在灵位上。2月1日（农历腊月二十三），我和方和保、杨金兰、李惠基四人到银坑坞给老伴上坟，杨说往年清明，她与方和保都会去上上坟，我代表全家表示深深感谢。2月8日是年三十夜，我和耕儿在程家巷过年，给老伴供年饭菜。饭后，耕儿回湖田（丈夫的工作室）看家，只我一人守着遗像，有说不完的思念，思绪万千。2月19日—20日（正月十一、十二），去枫树山、李家坂给祖母、母亲、三叔父母、大哥、姐姐、姐夫、新弟上坟，同时遥对重庆方向给父亲在天之灵深深的一拜，当时心里有说不出的惆怅。一代代的人走了，这就是人的结局，多么凄凉的坟山，任凭日晒雨淋风雨雪霜的侵袭、虫蚁的啃噬，无声无息，如果有灵魂的话，该是多么痛苦，又向谁诉说？简直不敢继续想下去。2月28日是老伴73周岁生日，我买了生日蛋糕到坟上祭奠。3月7日（正月二十七）我带着老伴遗像离开了程家巷，告诉她我们又回北京了。

2004年，耕儿、莉儿在北京顺义高丽营万万树小区买了别墅。2006年9月6日装修好后，我们搬到万万树家中。这是一座500多平方米的两层小楼房，楼房上有阁楼，楼下有地下室。一楼有大客厅、小客厅、书房、卫生间、厨房、车库各一间，二楼有卧室四间、卫生间两个、书房一间。阁楼是通间，地下室是三大间、三小间，另有两个卫生间，其中三大间作展厅，三小间作洗衣间、锅炉房、保姆房。住房外面有一个花园，空气新鲜、安静、独户独院、环境优美。我住二楼东边的卧室，卧室里买有全新的家具，老伴的遗像安放在床边的桌上，我告诉她这是我们的新家。老伴啊，你在世为创造美好的生活，历经千辛万苦，如今生活好了，你却不在了，饮水难忘挖井人，我为此痛心不已，遗憾万分。

按照传统，家里老人过世要守孝三年，现在虽然不守孝，但至少三年内，过年要到过世的老人坟上送火把祭奠，如今已送四年了，可以不用年年回景德镇过年了。2006年，我和耕儿、莉儿、福儿在别墅过年，给老伴供上饭菜，初一给她遗像拜年。

2007年在万万树家中迎来第二个春节，用丰盛的年菜饭供老伴，若她在世该多么高兴。3月9日是老伴诞生七十五周年纪念日，莉儿特意到市里买来各种美食水果供母亲。3月16日，我带着老伴的遗像对她说“我们一同回家吧”，莉儿自己开车送我到北京西站。次日（正月二十八），到九江敬妹家送上生日蛋糕，给她做七十一周岁生日，受到敬妹全家人的欢迎。3月18日，平安抵达景德镇汽车西站，徐木兰母女来接我，回到程家巷打扫干净后，将老伴遗像安在灵位上，天天上供。3月20日，我一人去银坑坞上坟，原来路不好走，2005年耕儿请人修坟、修路后好走多了，坟地拜场也扩大了。3月25日，我一人去枫树山为老母、老哥、老嫂、姐姐、姐夫上坟，上次（2005年）回家时，老嫂还健健康康的，如今见到的是一堆黄土。触景生情，回忆起在枫树山的“共大”（当年姑姑住在当地的共产主义大学，简称“共大”）一大家子，全部飘散，入土为安，变成了眼前的一片寂静，不胜凄凉之至，人生如烟，烟消云散。

5月29日，我对老伴的遗像说：“我们又要回北京了。”清晨6点，耕儿开车送我到火车站，次日早上就到了北京站，乘108路电车到大屯，坐985公交车至大柳树环岛，转945路公交车，10点整到万万树家中。屋内空无一人，莉儿和阳阳去了云南，要三天后回家。我回来后将老伴遗像仍安放在原处，供上供品，告诉她我们又来北京了。8月13日是老伴去世六周年忌日，我们怀着沉痛的心情给她上供。8月23日，耕儿、莉儿、阳阳到景德镇给老伴上坟。12月22日冬至，耕儿在京，只得在京给老伴遗像上供。

父亲来北京后的头四年，每年都专程从北京回到景德镇，为母亲做一年一度的扫祭。母亲逝世已经17年了，父亲的卧室仍然供有她的灵位，每逢过年过节，或有什么好吃的，父亲都要给她上供。我们工作得了奖，父亲也要把奖状供给她，让她的在天之灵得到宽慰。母亲虽然去世这么多年，但父亲常和我讲，白天他知道母亲已经去世，但到了晚上他就忘记了，总是做梦和她在一起生活，他几乎每天都能梦见她——她还在他的梦中活着。

父亲最后一次回景德镇给母亲上坟是在2011年，然后我们陪他一起去他自幼生活过的都昌三汊港，原来的村庄已不复存在了，只找到了以前的亲戚的后代帮他引路。

我们去了村里的祠堂，已经破败了，空无一物。然后我们找到了曾祖父的坟墓，父亲带着我们祭拜了这位我心目中的乡绅人物，我无数次在心里勾画过他的形象，可始终还是那么的遥远和不清晰，但我知道我的身上有他的血脉，中国人就是这样一代一代地传递着。我突然想到了叶落归根，我的根就是在这样的一个小山村里吗？如果今日的知识分子，

2011年父亲（左）回都昌老家辨认幼年生活过的地方

老了以后都能荣归故里，为故乡的振兴出钱出力，并能向老一代乡绅一样，到这里办教育，体察民情，上传下达，也许是一条乡村重振的好路子。

但传统乡村的合法性，在于其祠堂的存在，只有有祠堂、有祖先的牌位，才会有历史感，这个村庄的根才不会被切断。中国是乡土中国，其文脉在乡村，其文化的根也在乡村。我们家从祖父一代就开始离开乡村，迂回了许多年，我们还是回来了，因为祖先在这里，这是深埋在我们心中的永远的乡村。

# 尾声

父亲、母亲都是平凡的人，都是普通的人，他们有他们相濡以沫的爱情，也有他们自己的信念，正是这样的爱情和信念支撑了他们自己的人生。母亲总是说，她不会死，因为我们是她生命的延续，这就是中国人的观念，生生不息，代代相传。是的，作为个体的生命是短暂的，但是作为人类生命的整体却是漫长的，还有作为一个民族信念的总体也是漫长的。我一直在想，中华民族是一个没有宗教、没有信仰的民族吗？也许我们不信宗教，但作为人，几乎没有信仰就不能生活，所以中国人也有自己的信仰。人之所以会区别于其他的生命体，就在于他的信仰。有人说，知识就是力量，但我觉得人生最大的力量莫过于来自信仰的力量。中华民族是一个崇拜祖先的民族，重视血脉的传承，重视生命的价值，相信自己的生命可以通过后代来延续，这也许就是中国人的信仰。

其实无论是东方人还是西方人，都希望自己的灵魂不朽。西方的基督教徒，相信人死后会接受上帝的审判，然后进入天堂，得到永生。佛教相信生命的轮回，生命在轮回中永生。但中国人更多的是通过祠堂里的香火让自己的生命得到延续。所谓祠堂里的香火，就是每个死去的人都会成为祖宗，自己的名字会在祠堂里占据一个位置，后人们会用香火来祭拜。中国人所谓的灵魂不朽，就在于后代的延续，正因为这种延续，我们才能生生不息、直至永恒。因此，在中国，血缘的代际关系很重要，每个人都需要有自己的后代，没有了后代，家族就断了香火。尽管受现代西方文化的影响，许多中国人的这种观念已经淡漠，但父母一辈还是有这样的传统。有时我觉得其实在我们的生活中，有点传统也很好，因为传统会让我们相信许多的东西，如相信亲情，相信“仁义礼智信”，等等，希望我们乃至我们的下一代也能像我们的先辈一样信点什么。这种“信”也许就是一个民族存在的价值和理由，也是我们千百万普通的民众生活的追求。

我的这本家史从曾祖父写起，历经了一百多年，我的家族早已离开了都昌县三汊港石门楼方家村，写着“静观山房”和“存心堂”的祖屋也早就被洪水冲没了，但我觉得那乡绅家族的血脉还在我们的身上流淌。我的祖父和父亲虽然都不再是那山村里的乡绅，但乡绅阶层中流传的“天下兴亡，匹

2011年父亲回景德镇时部分方家后代的合影（有的到外地工作没有回来）

夫有责”“修身、齐家、治国、平天下”，在我的祖父、父亲，包括母亲身上都能看到。当然他们都是普通的人，修身和齐家还可以，治国、平天下，他们没有这个能力，也没有这样的机会。但是，他们会尽自己最大的努力去学习知识，去读书，用自己所学的知识去报效国家，去为社会的发展服务，所谓“学以致用”，这其实就是中国士大夫的座右铭。

当我写了这段家史以后，我突然感到，在我的血液里也包含着类似这样的成分。虽然和前辈比较起来淡泊了少许，但仍然有一腔热血，下田野、做研究、写报告，思考国家发展的未来，心系人类的命运和前途，等等。以前我不知道自己为什么会有这样的冲动，现在才知道，这是命定的，是家族流传下来的。

# 后记

书写完了，虽然写的是家族，但仍然是以我的父母为主角。我的父母虽然普通，但是他们有信仰，他们和许多传统的中国人一样，重视读书，重视为国效力，重视要将自己的生命变得更有价值，重视代际传承，重视孩子教育等。也就是这些信仰，让他们克服了人生种种的困苦，一路走来，经历了自己人生的灾难，也承受了国家政治经济变迁时给普通人带来的磨难。当然，到中年也享受到工作成就上的喜悦，到晚年孩子们还算努力，基本达到了他们心中的期望。这就是人生，可以说还算是不错的人生。

母亲走了，父亲还活着，今年要满89岁了，现在和我生活在一起。我告诉他，从85岁以后，他的生日年年都是大生日，年年我们都要为他大庆。我们要赞美我们的生命，要赞美我们的生活，人活着不仅会经历苦难，也会拥有幸福和快乐。我要让父亲的晚年感受到这一点，因此，这本小书

1956年的姑姑与姑父及堂姐方玲玲

是为父亲89周岁而写的，希望在他生日的那一天献给他。

后记照例是要写点感谢的话，写一点纪念的话。首先，在这里我要纪念一下我的祖母沈金清，她是一个贤惠的传统妇女，是她在祖父去世后将父亲抚养成人，也是她在我们一家遇到困难时，收留了我和大弟弟与她一起生活；在这里我还要纪念我的伯父方乐达和伯母冯定一，还有姑姑方洁和姑父孙成，在我们幼小、生活困难的时候，是他们的帮助和关心让我们得到顺利的成长。尤其是姑姑，在伯父和父亲由于成分不好不能照顾祖母时，是她担起了照顾祖母的重担，我们和祖母生活在一起，也就是和她生活在一起，没有她的接

1962年堂叔方曝与婶婶鲍素云

纳，没有姑父的许可，那是不可能的。还有，在那样苦难的年代，祖母还活到了90岁的高龄，姑姑立下了汗马功劳。还有伯母，我们在祖母身边时，她也和我们住在一起，许多时候都是她照顾我们，所以我们都叫她“好姆妈”。另外，我的堂叔方新，也是我难以忘却的，当年就是他把父亲介绍到黄坛瓷厂工作的。当年家庭生活困难，父亲心情不好，方新堂叔经常到家里来看父亲，还约上方安堂叔一起，到家里聊天，给了父亲很多安慰。现在这些亲人们都已作古离开了我们，趁写这本小书的机会纪念他们。

其次，我还要感谢那些现在还健康地活着的帮助过父母

1954年的堂叔方奋

的亲友们。方家是一个大家族，我的祖父有三兄弟，还有三姐妹，因此，父亲有许多的堂兄妹和表兄妹。在父亲困难时这些亲友们给予了我们许多的帮助，如方曝堂叔和鲍素云婶婶，以前在市防疫站工作，离父母住的地方比较近，又懂得医术，在我们姐弟都远在北京时，是他们经常关照父母。直到现在他们还经常给父亲打电话，给了父亲不少安慰。还有叔叔方奋、方复、方安、方筠，姑姑方庄、方榴、方娥、方敬、方慧、方清、方珠、方霞，以及众多的表兄弟姐妹们这些都是老父亲常常惦记，常常挂在嘴边的亲人，每次接到他们的电话父亲都很高兴。无论是父母的困难和高兴，他们都共同分担。尤其是这几个堂叔，几乎成为父亲远在北京晚年生活最重要的聊天对象，老兄弟们相互关心，结成了非常深厚的兄弟情谊。每到父亲生日或春节，我们都让父亲坐在电话机前，等候着亲友们的电话，不仅有兄弟姐妹，还有子侄辈、孙儿辈的电话，可以说是其乐融融。

这让我想起有关我们家祖屋——“存心堂”的解释：“君子所以异于人者，以其存心也。君子以仁存心，以礼存心。仁者爱人，有礼者敬人。”这是我们的祖训，“爱人”“敬人”构成了家庭的和睦，构成了亲人们的相互扶持。这样的祖训扩展开来也成为我们民族性的一部分，中华民族绵延不断皆从此来。

再次，我还要感谢我的丈夫朱乐耕，他虽是外姓人，但和我结成夫妇以后，就与我共同孝敬父母。20世纪90年代，母亲生病不断，住院不能完全报销，尤其是肾脏透析全部自费。当时我还在读博士后，朱乐耕每个月给父母2000元人民币，90年代的2000元对于我们来讲是笔大钱，那个时候的钱很值钱，而且当时我们的收入远不如今天，可以说我们是倾其所有。后来母亲去世，父亲一直跟我们一起生活，朱乐耕还常常给父亲买衣服，包括鞋袜。在北京生活无法享受社保，看病无法报销，朱乐耕常对父亲讲，我们就是您的社保，有病您就放心治。他的孝道，让父亲晚年的生活安乐，无后顾之忧。弟弟也很孝顺，在远方的大弟弟经常打电话来问候，在北京的小弟弟每个周末都来看父亲，给父亲零花钱。所以我们开玩笑，中国的“养儿防老”在父亲身上得到了充

1956年方氏家族合影

分的体现。中国人对父母的孝道、对兄弟姐妹的关爱，应该在我们这一代得到延续，人之所以为人，就是因为人有情、有义、有关爱，有做人的准则和信仰。

最后，我还要感谢的是人类文化的不断向前推进，过去的、让我们伤感的时代绝不会在今天重复，因为今天的中国人已经胸怀世界，放眼全球，知道我们民族的未来、民族的文化应该如何延续和继承。

图书在版编目（CIP）数据

最后的乡绅家族 / 方李莉著. —北京：文化艺术出版社，2019.5

ISBN 978-7-5039-6686-6

Ⅰ. ①最… Ⅱ. ①方… Ⅲ. ①纪实文学—中国—当代
Ⅳ. ①I25

中国版本图书馆CIP数据核字（2019）第068206号

**最后的乡绅家族**

著　　者　方李莉
责任编辑　叶茹飞
书籍设计　顾　紫
出版发行　文化艺术出版社
地　　址　北京市东城区东四八条52号　（100700）
网　　址　www.whyscbs.com
电子邮箱　whysbooks@263.net
电　　话　（010）84057666（总编室）84057667（办公室）
　　　　　（010）84057691—84057699（发行部）
传　　真　（010）84057660（总编室）84057670（办公室）
　　　　　（010）84057690（发行部）
经　　销　全国新华书店
印　　刷　国英印务有限公司
版　　次　2019年7月第1版
印　　次　2019年7月第1次印刷
印　　张　6.625
字　　数　111.4千字
开　　本　790毫米×960毫米　1/32
书　　号　ISBN 978-7-5039-6686-6
定　　价　38.00元